Happy?! Marriage
5
Maki Enjoji
KAZÉ SHÔJO

Happy?! Marriage
HOKUTO MAMIYA
29 ans.
Directeur général
de la société
Mamiya.
CHIWA MAMIYA
(nom de jeune
fille : Takanashi),
24 ans. Banale
employée de bureau,
un peu gaffeuse.

Personnages

TAEKO SÔMA
Secrétaire particulière du directeur. Elle paraît jeune, mais a en réalité 56 ans.

L'histoire

Un homme n'a pas de rêve ! Il vit dans les certitudes !
Tel est le credo de Chiwa Takanashi avant qu'elle n'épouse Hokuto, son patron, qui a remboursé les dettes de son père. Depuis, la situation a complètement changé. Ce mariage n'était au départ qu'un contrat, mais à force de vivre à ses côtés, Chiwa tombe peu à peu sous le charme du beau chef d'entreprise. Lors du nouvel an, elle fait la connaissance de la famille Mamiya dans son entier et des dissensions entre les différents héritiers. Face au mépris que presque tous lui témoignent, Chiwa décide alors de protéger Hokuto. Mais bien qu'ils soient jeunes mariés, Hokuto néglige Chiwa et ses devoirs conjugaux. De plus, la jeune femme se sent responsable de la blessure qu'il a reçue alors qu'il la sauvait du piège machiavélique fomenté par un des cousins Mamiya pour se venger de l'affront que Chiwa lui fit subir lors du nouvel an. Accablée de remords, elle tente de divorcer, mais Hokuto demande à nouveau sa main !!
C'est alors qu'ils font l'amour pour la première fois…

Sommaire

ISBN : 978-2-82030-193-2

17e Voeu
Que faire de mes journées ?

Salut ! C'est Maki Enjoji !

Nous voici au tome 5 ! À la fin du tome 4, nos jeunes mariés l'ont enfin fait. (La fête de la nudité* ?)
En tant qu'auteur de shôjo (?) aimant dessiner les femmes dans leur plus simple appareil, je suis une perverse indigne (je peux sentir la déception des lectrices. Là, maintenant. En plus de, ça ne me plaît pas plus que ça de dessiner le corps nu d'un homme. Vraiment). Mais rassurez-vous !
Dans le tome 5, ce n'est pas la fête de la nudité !
J'aimerais qu'*Happy Marriage ?!* devienne un manga que l'on conseille à ses amis. (Vraiment ?)
Alors je compte sur vous !

Maki Enjoji

* "HADAKA MATSURI", FÊTE ANNUELLE TRADITIONNELLE OÙ DES HOMMES VÊTUS DE SIMPLES PAGNES LUTTENT POUR S'APPROPRIER DES BÂTONS SACRÉS QU'UN PRÊTRE LANCE D'UNE FENÊTRE D'UN SANCTUAIRE ET QUI LEUR APPORTERONT UN AN DE BONHEUR, NDT.

HM ...
C'EST BON, IL N'Y A QUE DES CHOSES QU'IL AIME.
C'EST QUE HOKUTO EST PLUTÔT DIFFICILE !
HM...
MAIS AUJOURD'HUI, ÇA DEVRAIT ALLER ...
BON !
HUM...
JE VAIS POUVOIR ALLER LE ÉVEILLER !
AH, T'AS FAIT LE PETIT DÈJ' ?
Finalement ...

HEIN ?
T'ES DÉJÀ PRÊT… COMMENT ÇA SE FAIT ?
CE MATIN, JE PARS PLUS TÔT.
QUOI ?!
ALORS CE QUE JE T'AI PRÉPARÉ …
ÇA VEUT DIRE…
Encore…
ÉVIDEM-MENT ! JE N'AI PAS E TEMPS DE MANGER !
JE TE L'AI POURTANT DIT !
QUAND ÇA ? JE NE M'EN SOUVIENS PAS !
NON, JE NE M'EN SOUVIENS VRAIMENT PAS !!
JE TE L'AI DIT HIER SOIR.
PAR MAIL.
PAR MAIL ?!
CLAP
TU DORMAIS SI BIEN QUE JE N'AI PAS VOULU TE RÉVEILLER.
BON, J'Y VAIS.
AH !
AT-TENDS !
TIENS !!

*PANIER-REPAS, NDT.
C'EST UN BENTÔ*.
C'EST POUR TON DÉJEUNER.
QUE...
QU'EST-CE QU'IL Y A ? POURQUOI TU FAIS CETTE TÊTE ?
MAIS TES BENTÔS CRAIGNENT VRAIMENT TROP !
TENTATIVE DE BENTÔ D'ÉPOUSE AMANTE
HOKUTO
JE... JE L'AI PAS FAIT, CETTE FOIS-CI ! JE LE FERAI PLUS !!
MAIS ÇA M'INQUIÈTE QUE TU MANGES SI PEU LE MIDI AUSSI !
OK, OK !
TU AS DES MOUCHOIRS DE POCHE ?!
BOM
N'OUBLIE PAS DE PRENDRE DES KLEENEX !

ZOUIP
MH
...

!
!! Je ne peux pas respirer...
...
OU... OUI.
Quelle ardeur dès le matin ...
C'EST VRAI ...
PFF !
TU N'ES PAS MA MÈRE ...
MAIS MA FEMME !!
L'AUTRE JOUR ...
APRÈS ENVIRON UN AN DE MARIAGE ...
NOUS AVONS ENFIN EU NOTRE NUIT DE NOCES ...

C'EST BIEN, MAIS...
RIEN N'A CHANGÉ !!
VRAIMENT RIEN DU TOUT !
QU'EST-CE QUE JE VAIS FAIRE...
DE TOUT ÇA...
SUR CE PLAN-LÀ, C'EST COMME AVANT !!
DEPUIS CE JOUR...
Bon appé-tit.
IL NE M'A PAS TOUCHÉE UNE SEULE FOIS, TELLEMENT IL TRA-VAILLE.
MAIS ALORS C'EST COMME ÇA ?
EN FRANCHIS-SANT LE PAS, JE PENSAIS QUE NOUS SERIONS ENCORE PLUS AMOUREUX.
COMMENT ÇA SE PASSE POUR LES AUTRES COUPLES ?
HAAA...
COMME JE N'AI JAMAIS EU DE RELATION SÉRIEUSE AVEC UN HOMME, JE NE SAIS PAS.
ET POUR TOUT...
JE TÂTONNE...
THÈME DE DARK VADOR
TAA TAA TAA TAA TATAA TAA TATAA TAA TAA TAA...

QU'EST-CE TU VEUX, PAPA ?
J'étais en pleine réflexion...
DÈS LE MATIN ...
...
HEIN ?
QUOI////?!
COMMENT ?
TU VEUX REVENIR TRAVAILLER CHEZ MAMIYA ?

EH BIEN ...
SI C'EST DANS UNE SUCCURSALE, ÇA POURRAIT ÊTRE POSSIBLE ...
POURQUOI TU VEUX REVENIR ?
APPAREMMENT, MON PÈRE NE S'EN SORT PAS FINANCIÈREMENT.
IL ME L'A DIT AU TÉLÉPHONE.
APRÈS LA FAILLITE DE SON ENTREPRISE, TOUTE LA FAMILLE L'A LAISSÉ TOMBER.
IL N'Y A PLUS QUE MOI POUR L'AIDER ...
Il est irrécupérable...
MAIS JE N'AI PAS ASSEZ D'ÉCONOMIES...
JE VOIS.
Tiens.
MAIS HONNÊTEMENT, C'EST MIEUX QUE TU AIES DÉMISSIONNÉ.
SI ON APPRENAIT QUE TU ES LA FEMME DU PATRON, ON PENSERAIT QUE J'AI DRAGUÉ UNE EMPLOYÉE ET ÇA NUIRAIT À MA RÉPUTATION.
ALORS ...
JE VAIS T'AIDER. TU N'AURAS PAS À TRAVAILLER.
P... PAS QUESTION !!

C'EST GENTIL, MAIS JE NE VEUX PAS.
POUR-QUOI ÇA ?
TU AS DÉJÀ REMBOURSÉ TOUTES SES DETTES UNE FOIS. JE NE VEUX PAS T'ENNUYER PLUS.
...
POURQUOI TU N'ES PAS SIMPLEMENT RECON-NAISSANTE POUR MA BIENVEILLANCE ?
JE TE SUIS RECON-NAISSANTE DE ME PROPOSER TON AIDE.
MAIS C'EST À MOI D'AIDER MON PÈRE.
EST-CE QUE TU DOUTERAIS DE MES CAPACITÉS FINANCIÈRES ?
PRENDRE TON PÈRE EN CHARGE, CE N'EST PAS GRAND-CHOSE !
CE N'EST PAS LE PROBLÈME.
POURQUOI NE PAS ACCEPTER COMME LE FERAIT N'IM-PORTE QUELLE ÉPOUSE ?
DZIIT
むーん…

JE M'ÉTAIS DÉJÀ FAIT LA RÉFLEXION, MAIS...
TU N'ÉCOUTES VRAIMENT PAS QUAND ON TE PARLE !
T'ES UN VRAI TYRAN !
ET POURTANT TU ES AMOUREUSE DE MOI !
TU VEUX QUE JE TE DISE, TOI, TU ES TROP TÊTUE.
DÉSOLÉE D'ÊTRE TÊTUE !
MAIS C'EST TOI QUI AS VOULU M'ÉPOUSER, JE TE SIGNALE !
NE SOIS PAS AGRESSIVE ! CHANGE DE TON !!
ET TOI, SOIS MOINS BUTÉ !
BONNE NUIT !!
ZOUIP
C'EST ÇA, VA TE COUCHER !!

TU PEUX COURIR POUR QUE JE PRÉPARE LE PETIT DÈJ', DEMAIN !
DE TOUTE FAÇON, J'EN VEUX PAS !
C'EST POUR LUI QUE JE FAIS ÇA, ALORS POURQUOI IL NE COMPREND PAS ?
QUEL IDIOT BUTÉ !
AAH...
CETTE DOUCE NUIT ME PARAÎT DE PLUS EN PLUS LOINTAINE...
JE N'AI PAS DÉMISSIONNÉ PARCE QUE LE TRAVAIL ME DÉPLAISAIT...
POUR ÊTRE FRANCHE... JE TROUVAIS ÇA DOMMAGE...
Malgré ce qu'en dit Hokuto...

AYA ET SAYAKA ÉTAIENT PAS TOUJOURS FACILES, MAIS…
C'ÉTAIENT DES AMIES AVEC QUI JE ME SENTAIS BIEN …
ET IL Y AVAIT AUSSI YAGAMI…
TANT PIS. JE N'AI QU'À TROUVER UN PETIT JOB …
… NASHI !
TAKA-NASHI !!
SAKURABA ?!
AH… JE VEUX DIRE … MAMIYA …
Désolé.

JE SUIS CONTENT DE VOIR QUE TU VAS BIEN.
OUI, EXCUSE-MOI POUR LA DERNIÈRE FOIS.
N'EMPÊCHE, TOI, FEMME DE DIRECTEUR D'ENTREPRISE...
J'AI DU MAL À Y CROIRE !
AAH, SAKURABA EST TOUJOURS AUSSI GENTIL...
SA PRÉSENCE EST VRAIMENT APAISANTE, DANS CES MOMENTS-LÀ.
ALORS TU AS ARRÊTÉ DE TRAVAILLER, FINALEMENT...
OUI, POUR DIVERSES RAISONS...
AH, MAIS JE CHERCHE À NOUVEAU DU TRAVAIL.
AH...
TON MARI NE TE DONNE PAS D'ARGENT ?
HEIN ?!
AAH, NON, CE N'EST PAS ÇA !
ALORS FINALEMENT, ÇA TE DIRAIT DE TRAVAILLER DANS MA BOÎTE ?
HEIN ?!

TU... TU ES SÉRIEUX ?
OUI, UN DE MES EMPLOYÉS VOUDRAIT UNE ASSISTANTE.
C'EST VRAI QU'IL EST DÉBORDÉ, ALORS J'AIMERAIS FAIRE QUELQUE CHOSE.
DU COUP, CE NE SERONT PAS LES MÊMES CONDITIONS DE TRAVAIL QUE MA PROPOSITION DE L'AUTRE FOIS...
ET LE SALAIRE NE SERA PAS AUSSI ...
MERCI !!
MERCI ! MERCI ! JE FERAI DE MON MIEUX !
O... OK...
MAIS TON MARI EST D'ACCORD ? CETTE FOIS ...
Je ne veux pas que la même chose se reproduise.
AH, OUI, ÇA IRA !
QUELLE CHANCE ! COMME ÇA, LE PROBLÈME EST RÉSOLU !
MAIS HOKUTO EST SÛREMENT ENCORE FÂCHÉ...
HIER, J'Y SUIS ALLÉE UN PEU FORT...

むっすぅ〜
DOOOOM
BONSOIR. C'EST RARE QUE TU RENTRES SI TÔT.
ガチャン
CLAC
OUI, DOMMAGE POUR TOI.
...
IL EST TOUJOURS FÂCHÉ.
L'ATMOSPHÈRE N'EST PAS PROPICE À LA DISCUSSION.
TRÈS BIEN ! S'IL VEUT JOUER À ÇA...
ALORS MOI AUSSI, JE SUIS ÉNERVÉE.
DEMAIN, C'EST FÉRIÉ.
J'AI PU PRENDRE TOUTE MA JOURNÉE.
ÇA FAISAIT LONG-TEMPS.
C'EST VRAI ?! SU...
AH !
per...

JE VEUX DIRE...
AH BON ?
C'EST BIEN. TU VAS POUVOIR TE REPOSER TOUTE LA JOURNÉE.
PFF ...
POURQUOI TU N'ES PAS FRANCHE ?
SI TU ES CONTENTE, DIS-LE !
EST-CE QU'IL A PRIS SA JOURNÉE POUR MOI ?
IL Y A QUELQUE CHOSE QUE TU AIMERAIS QUE JE FASSE, DEMAIN ?
HEIN ?

JE... JE M'EXCUSE AUSSI POUR HIER. TA PROPOSITION M'A FAIT PLAISIR...
MAIS C'EST BON, MAINTENANT. C'EST RÉSOLU.
QUOI ? COMMENT ÇA...
AUJOURD'HUI, J'AI TROUVÉ DU TRAVAIL.
HEIN ?
J'AI RENCONTRÉ SAKURABA PAR HASARD.
ET IL VA M'ENGAGER DANS SA SOCIÉTÉ.
HEIN ?
DEMAIN, JE FERAI TOUT CE QUE TU VEUX.
BLUSH
COMME ÇA, ON EST RÉCONCILIÉS.

QUOI!!! ?!
QU'EST-CE QUI T'A PRIS ?!
HEIN ? COMMENT ÇA...
COMMENT T'AS PU ACCEPTER UN POSTE SANS M'EN PARLER AVANT ?!
MAIS... JE T'AI DIT QUE JE NE VOULAIS PAS DE TON AIDE ...
ET QUE C'ÉTAIT À MOI DE M'OCCUPER DES PROBLÈMES DE MON PÈRE ...
SI JE NE TE CAUSE PAS D'ENNUIS DANS TON TRAVAIL, TOUT VA BIEN, NON ?
LES ENNUIS, ÇA FAIT LONGTEMPS QUE TU ME LES AS CAUSÉS !
DIS-LUI TOUT DE SUITE QUE TU REFUSES !
V... VOYONS !!
JE NE PEUX PAS !!

BAM
HI!
!
...
T'ES IGNOBLE.

"IGNOBLE" ?
OÙ... OÙ TU VAS ?
JE VEUX PAS DE TON REPAS !
JE VAIS MANGER DEHORS.
TOI, VA TE COUCHER !
POURQUOI IL SE FÂCHE COMME ÇA ?
POF
J'AI FAIT QUELQUE CHOSE DE MAL ?
POURQUOI JE SUIS "IGNOBLE" ?
JE...

JE NE COMPRENDS RIEN...
POUR...
POURQUOI IL A FALLU QUE CE JOUR FÉRIÉ SE PASSE COMME ÇA...
SI TU NE VIENS PAS VITE MANGER... ÇA VA REFROIDIR ...
J'EN VEUX PAS !
EST-CE QUE J'AI DIT QUE JE VOULAIS MANGER ?

J'EN AI ASSEZ !!
STAP
JE NE COMPRENDS RIEN !!
SI TU N'AS PAS L'INTENTION DE ME PARLER ...
JE M'EN VAIS !!
DE TOUTE FAÇON, QUE JE SOIS LÀ OU NON, C'EST PAREIL !
T'AS QU'À BOUDER TOUT SEUL !
BOUDER ?!
HÉ !!

...
バタバタバタ
TA TA TAP
ガチャー
VLAM
ドカッ
POF
バサ
FLAP
バサッ
FLAP
MERDE !

VLAM
TAP
...
JE N'AI AUCUNE IDÉE DE L'ENDROIT OÙ ELLE A PU ALLER ...

POF
ほけ…
CETTE JOURNÉE DE REPOS, NOUS AURIONS DÛ LA PASSER ENSEMBLE…
ALORS QU'EST-CE QUE JE FAIS ICI TOUTE SEULE ?
J'AI FAIT LES COURSES POUR LE DÎNER…
ET SANS Y PENSER, JE N'AI ACHETÉ QUE DES CHOSES QUE HOKUTO AIME…
MAIS UNE FOIS DE PLUS, IL NE VOUDRA SÛREMENT PAS MANGER …

À QUAND REMONTE CETTE JOURNÉE OÙ NOUS NOUS ÉTIONS PROMENÉS TOUS LES DEUX ?
POURTANT, À CE MOMENT-LÀ, JE ME SENTAIS BEAUCOUP PLUS PROCHE DE LUI…
À CETTE ÉPOQUE, IL N'Y AVAIT PAS DE SENTIMENTS ENTRE NOUS. JE N'ÉTAIS MÊME PAS AMOUREUSE…
MAINTENANT, NOUS NOUS AIMONS…
ALORS POURQUOI…
ME PARAÎT-IL ENCORE PLUS INACCESSIBLE QU'AVANT ?

QU'EST-CE QUE ÇA VEUT DIRE, "S'AIMER" ?
JE PENSAIS QUE QUAND ON S'AIMAIT, TOUT ALLAIT FORCÉMENT BIEN...

POM
ALORS ...
C'EST LÀ QUE TU T'ÉTAIS CACHÉE ?!
!!
AOUAH ...
DASH
AOUAH OUAH OUAH !
AT-TENDS !
ESPÈCE DE...

YAAH ! AU SECOURS !!
PERSONNE NE S'ENFUIT DE CHEZ LUI POUR ALLER SE PLANTER JUSTE AU PIED DE L'IMMEUBLE OÙ IL VIT !
BLA
BLA
BLA
BLA
On devrait peut-être prévenir la police...
T'IMAGINES COMBIEN DE TEMPS J'AI PASSÉ À TE CHERCHER ? IDIOTE !!
QU'EST-CE QUI FAIT QUE ...
JE SUIS "IGNOBLE" ?

JE SAIS À QUEL POINT TU TRAVAILLES DUR !
ALORS JE NE VOULAIS PAS QUE TU UTILISES ENCORE CET ARGENT DUREMENT GAGNÉ POUR AIDER MON PÈRE.
JE NE VOULAIS PAS ÊTRE UNE CHARGE.
EST-CE QUE MON RAISONNEMENT EST IDIOT ?
EST-CE QUE J'AI EU TORT DE PENSER À TOI ?
JE T'AIME TELLEMENT ...
ALORS QU'EST-CE QUE JE PEUX FAIRE ?

CE N'EST PAS IDIOT.
RASSURE-TOI. ALLEZ, ON RENTRE.
ALORS POURQUOI JE SUIS "IGNOBLE" ?
GRR
PARCE QUE TU N'ÉCOUTES PAS CE QUE JE DIS !
MENTEUR !
JE T'AI JAMAIS VRAIMENT ÉCOUTÉ !
...
Sois pas agressive !
...
C'EST PARCE QUE...
TU AS COMPTÉ SUR UN AUTRE HOMME QUE MOI.

?
HEIN ?
MAIS J'AI COMPTÉ SUR TOI !
Au début...
POUR-QUOI ...
CE QUE JE VEUX DIRE ...
C'EST QUE T'ES IDIOTE DE COMPTER SUR UN AUTRE HOMME QUE MOI SI, AU FINAL, C'EST POUR MOI QUE TU LE FAIS !!
ヒュ FIUU
...
BLA
BLA
BLA
WOUAAH
AH...
J'AI FOIRÉ.

PLUTÔT QUE D'EN ARRIVER LÀ, J'AURAIS DÛ TE TROUVER UN POSTE DANS MA SOCIÉTÉ.
C'EST LA PREMIÈRE FOIS...
QUE TU ME DEMANDAIS UN SERVICE ...
ALORS ...
J'AURAIS VOULU T'AIDER.

JE… JE VAIS REFUSER LE TRAVAIL DE SAKURABA…
LAISSE TOMBER.
ÇA VA ALLER, ALORS…
ON RENTRE.
HOKUTO…
TU SAIS, IL Y A PLEIN DE CHOSES…
QUE JE VOUDRAIS TE DEMANDER…
QUOI ?
VAS-Y, DIS.
J'AIMERAIS…
QUE TU ARRÊTES DE M'IGNORER.

SI TU ES EN COLÈRE, DIS-LE.
P... POUR ÊTRE FRANCHE, J'AIMERAIS QUE TU TRAVAILLES MOINS...
MAIS ÇA...
JE M'INQUIÈTE POUR TA SANTÉ.
ET JE VOUDRAIS QUE TU MANGES CORRECTEMENT.
MÊME SI CE N'EST PAS AVEC MOI.

IDIOTE !
IDIOTE ? ÇA FAIT DEUX FOIS QUE TU ME TRAITES D'IDIOTE !!
C'EST PARCE QUE T'ES IDIOTE !
1008
MAMIYA
HM ...
...

FUU ...
AU-JOURD'HUI ...
J'AURAIS VOULU QU'ON SORTE QUELQUE PART TOUS LES DEUX ...
AH OUI ?
MOI, J'AVAIS L'INTENTION DE TE GARDER CONTRE MOI TOUTE LA JOURNÉE ...
COMPLÈTE-MENT NUE ...
N... NUE ?

JE VOULAIS RATTRAPER TOUT CE QU'ON N'AVAIT PAS PU FAIRE !
MAIS IL N'EST PAS TROP TARD.
QUOI ?!
MAIS JE DOIS PRÉPARER LE DÎNER !
TU LE FERAS APRÈS ! ALLONS DANS LA CHAMBRE !
ひょいっ
HOP!
!!
C… C'EST LA PREMIÈRE FOIS QU'IL ME PORTE COMME UNE PRINCESSE !!
HYEEEEH !
HM ? LA CHAMBRE ? LA SIENNE ?
UNE MINUTE ! LÀ-DEDANS, C'EST UN VRAI CA-PHARNAÜM !
ガチャッ
CLAC
HEIN ?

WOUAAH ! QU'EST-CE QUE C'EST PROPRE !!
Incroyable !
C'EST DANS LE MÊME ÉTAT QUE QUAND J'AI FAIT LE MÉNAGE !!
TU VOIS QUE TU PEUX QUAND TU VEUX !!
...
JE ME POSE LA QUESTION DEPUIS UN MOMENT...
POURQUOI TU AS UN LIT DOUBLE ?
C'EST PARCE QU'IL Y A PLUS DE PLACE POUR DORMIR À MON AISE.
MAIS...
À PARTIR DE CE SOIR...
LA MOITIÉ EST POUR TOI.

ÇA VEUT DIRE ...
QUE TU VEUX QU'ON FASSE CHAMBRE COMMUNE ?
COMME ÇA, SI TU ME TROMPES ...
OUI.
JE LE SAURAI TOUT DE SUITE ! ♡
NE... NE DIS PAS DE BÊTISES !!
C'EST IMPOSSIBLE ! C'EST IMPOSSIBLE !!
VRAIMENT ?
ET QUAND IL Y A EU CE NOUVEL EMPLOYÉ ?
SMACK
AH ...
BIDI BIDI...

ピーーー BIDI BIDIII
MERDE …
ピーーーー BIDI BIDII
J'AI OUBLIÉ DE LE METTRE EN SILENCIEUX …
Attends deux secondes.
ピーーー BIDI BIDIII
ピーーーー BIDI BIDIII
BIDI BIDII ピーーー
SÔMA 090OXOXOXOX
ピーーー BIDI BIDIII
SÔMA ?
ピーーー BIDI BIDIII
ピーーー BIDI
!!
Non, Hokuto ! Ne jette pas ton télé-phone !

SOCIÉTÉ I-MAX
VOICI CHIWA MAMIYA.
ELLE VA TRAVAILLER ICI À PARTIR D'AUJOURD'HUI.
JE COMPTE SUR VOUS TOUS.
JE VOUS LAISSE VOUS PRÉSENTER ...
CELUI DONT TU SERAS L'ASSISTANTE N'EST PAS ENCORE LÀ.
Voici ma carte.
IL M'A PRÉVENU QU'IL DEVAIT PASSER QUELQUE PART ET SERAIT EN RETARD ...
AH !

LE VOILÀ ! LE VOILÀ !
HÉ, ASAHINA !
C'EST D'ELLE ...
DONT JE TE PARLAIS LA DERNIÈRE FOIS.
HEIN ?

YEAH !
SONT EXASPÉRANTS,
LES DEUX PÈRES...
Hein ?! Moi aussi ?!

18e Vœu
Peux-tu m'aider à te comprendre ?

POF
JE SUIS CREVÉE ...
HAA...
ET CE N'EST PAS SEULEMENT PARCE QUE C'ÉTAIT MON PREMIER JOUR DE TRAVAIL.
JE N'AR-RIVE PAS À Y CROIRE ...
TAKANASHI ?
LUI, ICI ?
ON M'AVAIT PARLÉ D'UNE CERTAINE MAMIYA, MAIS ...
C'EST BIEN TOI, TAKANASHI ?
AH ...

JE ME SUIS MARIÉE !
C'EST POUR ÇA ...
VOUS VOUS CONNAISSEZ ?
AH ...
JE VOIS.
C'EST VRAI QUE NOUS ÉTIONS DANS LA MÊME UNIVERSITÉ, ALORS C'EST POSSIBLE.
DANS CE CAS, ÇA VA ÊTRE RAPIDE.
JE TE LAISSE PRENDRE LE RELAIS, ASAHINA.
D'ACCORD.
AH, MAIS ...
SAKURABA, ATTENDS !
AAAH !
NE T'EN FAIS PAS.
JE NE MÉLANGE PAS LE PRIVÉ ET LE PROFESSIONNEL.
ICI, JE SUIS TON SUPÉRIEUR ET TU ES MA SUBORDONNÉE. JE COMPTE SUR TOI.

IL Y A PLEIN DE CHOSES QU'IL FAUT QUE TU RETIENNES.
JE SUIS DÉSOLÉ DE TE BRUSQUER, MAIS VIENS, SUIS-MOI.
C'EST VRAI QU'IL N'A PAS MÉLANGÉ PRIVÉ ET PROFES-SIONNEL…
MAIS IL NE M'A PAS MÉNAGÉE UNE SECONDE.
AAH…
C'EST VRAIMENT PAS DE CHANCE.
Je vais lui envoyer un mail.
DÉSOLÉE, HOKUTO.
JE N'AI PAS LA FORCE DE CUISINER…
KANAME ASAHINA…
IL AVAIT DEUX ANNÉES DE PLUS QUE MOI À L'UNIVERSITÉ.

NOUS N'ÉTIONS ENSEMBLE DANS AUCUN CLUB OU COURS, MAIS ...
UNE CAMARADE DE CLASSE NOUS AVAIT PRÉSENTÉS.
ON NE SE CONNAISSAIT PAS BIEN...
MAIS APRÈS AVOIR ARRÊTÉ LA FAC...
IL A ÉTÉ LE SEUL À ME CONTACTER.
ON SORTAIT SOUVENT ENSEMBLE LES WEEK-ENDS ET JOURS FÉRIÉS.
J'AIMAIS CETTE AMBIANCE DE LA FAC QUE J'AVAIS TOUT À COUP PERDUE...
ALORS J'ÉTAIS HEUREUSE.
JE SUIS TOMBÉE AMOUREUSE DE LUI SANS M'EN RENDRE COMPTE...
POUR MOI, NOUS ÉTIONS EN COUPLE ...

JUSQU'À CE JOUR...
TU POURRAIS ARRÊTER DE VOIR ASAHINA ...
TAKA-NASHI ?
NOUS SORTONS ENSEMBLE DEPUIS LONGTEMPS.
APPAREMMENT, TU N'ÉTAIS PAS AU COURANT ...
TU N'ES PLUS À LA FAC AVEC LUI, ALORS VOUS N'AVEZ RIEN À FAIRE ENSEMBLE.
SOUS LE CHOC, MA RÉACTION A ÉTÉ DE ME DIRE "ENCORE ?"
POUR TOUJOURS SORTIR AVEC DES HOMMES DÉJÀ PRIS, JE DOIS AVOIR UN PROBLÈME ?
OU BIEN, EST-CE QUE POUR LES HOMMES, C'EST NORMAL ?
SI ÇA, C'EST "NORMAL" ...
QU'EST-CE QUE "SORTIR ENSEMBLE" SIGNIFIE ?
QU'EST-CE QU'"AIMER" SIGNIFIE ?

C'EST PAS DE CHANCE, MAIS TANT PIS ...
ÇA IRA. DEMAIN, JE RETOURNERAI TRAVAILLER AVEC ASAHINA.
OUI...
MAINTENANT, J'AI HOKUTO.
LES VIEILLES BLESSURES N'ONT PLUS D'IMPORTANCE.
C'EST POUR ÇA ...
QUE LES MOTS DE HOKUTO, CE JOUR-LÀ ...
"PEU IMPORTE QUE JE PUISSE T'AIMER OU NON DANS L'AVENIR, JE TE SERAIS RESTÉ FIDÈLE."
ÉTAIENT RÉCON-FORTANTS.

KIII
HÉ, HÉ, ÉCOUTE ÇA !
AUJOUR-D'HUI !...
CE À QUOI IL S'ATTENDAIT.
TANT PIS.
ZZZ
ELLE DORT ?
YAAAAH !!

POURQUOI TU NE M'AS PAS RÉVEILLÉE ?!
En plus, mon réveil est éteint !
TU ÉTAIS FATIGUÉE, NON ?
TU SERAS LARGEMENT À L'HEURE AU TRAVAIL, ALORS TOUT VA BIEN !
MAIS, ET LE PETIT DÉJEUNER ? ET TON BENTÔ ?
JE N'EN AI PAS BESOIN.
MAIS HIER SOIR, NOUS N'AVONS PAS PU PARLER…
J'Y VAIS.
!!
HEIN ?! SI TÔT ?! POURQUOI ?
CE MATIN …

JE DOIS...
CLAC
?
HEIN ? C'EST QUOI CETTE IMPRESSION ? IL ÉTAIT BIZARRE...
IL A DÉTOURNÉ LE REGARD ?
JE ME FAIS SÛREMENT DES IDÉES.
MAIS CE SOIR, JE DOIS RESTER ÉVEILLÉE.
SOCIÉ
I-MA
MAMIYA !
ÇA TE DIT QU'ON DÉJEUNE ENSEMBLE ?

AH, OUI, EUH... YOSHI...
YO-SHIOKA !
TU SAIS, JUSQU'À MAINTENANT, J'ÉTAIS LA SEULE FEMME, ICI !
I-MAX EST UNE AGENCE DE PUBLICITÉ ET D'ÉVÉNEMENTIEL COMPOSÉE DE SEPT SALARIÉS. ELLE A DEUX DIRECTEURS ...
ET À PART DEUX EMPLOYÉS, CHACUN SPÉCIALISÉS DANS LE COMMERCE ET LA COMPTABILITÉ, TOUS LES AUTRES SONT POLYVALENTS.
DIS, MAMIYA, TU ES MARIÉE, C'EST ÇA ?
HEIN ? OUI.
DEPUIS COMBIEN DE TEMPS ?
ÇA VA BIENTÔT FAIRE UN AN ...
ALORS VOUS ÊTES ENCORE DE JEUNES MARIÉS.
MOI, ÇA FAIT TROIS ANS !
ON POURRAIT DISCUTER DE TOUT ÇA ! DE NOS MARIS, ETC.
OUI, BIEN SÛR !
DÉSOLÉ, MAIS...
J'AIMERAIS PROFITER DE LA PAUSE DÉJEUNER POUR LUI PARLER ...
OH, VRAIMENT ?
Dommage !

J'AURAIS AIMÉ PARLER MARIAGE AVEC YOSHIOKA …
PFF…
TU N'AS PAS L'AIR CONTENTE DE MANGER AVEC MOI …
JE VOULAIS TE DIRE UN MOT AU SUJET DE CE QUI S'EST PASSÉ, À LA FAC.
AAH… INUTILE DE REMETTRE CETTE HISTOIRE SUR LE TAPIS !
JE NE SUIS PAS FÂCHÉE ET JE SUIS MARIÉE, MAINTENANT !
NON …
EN FAIT, JE VOULAIS TE DIRE QUE JE NE VEUX PAS QUE ÇA INTERFÈRE DANS NOTRE TRAVAIL …
MAIS LAISSE TOMBER.
J'AI ENTENDU CE QUE TU DISAIS AVEC YOSHIOKA.
ALORS COMME ÇA, TU T'ES MARIÉE IL Y A ENVIRON UN AN ?
HEIN ? OUI.
HM …
TON MARI A QUEL ÂGE ?
EUH… BIENTÔT TRENTE ANS…
OH, IL Y A UN SACRÉ ÉCART ENTRE VOUS DEUX.
CE… C'EST VRAI …

JE NE PEUX PAS TROP PARLER DE HOKUTO ...
JE NE DIRAI RIEN AU SUJET DE LA SOCIÉTÉ MAMIYA !
Surtout que c'est l'un de nos clients !
ET DANS QUOI TRAVAILLE-T-IL ?
JUSTEMENT, JE NE PEUX PAS LE DIRE !
TU NE SAIS PAS CE QU'IL FAIT ?
C'EST BIZARRE ! TU ES SA FEMME, POURTANT !
AH... EUH ...
QUE... QU'EST-CE QU'IL FAIT...
NE ME DIS PAS... QUE TU L'ENTRETIENS ...
P... PAS DU TOUT !
AAH, MAIS POURQUOI IL VEUT SAVOIR TOUT ÇA ?
IL TRAVAILLE. NE T'INQUIÈTE PAS !
IL A MÊME TELLEMENT DE TRAVAIL QU'IL EST ABSENT LES JOURS DE REPOS.

EST-CE QUE…
CE SERAIT PAS PLUTÔT PARCE QU'IL TE TROMPE ?
QUOI ?!
POURQUOI TU DIS ÇA ?! ON EST FOUS AMOUREUX !!
C'EST PARCE QU'IL NE SAIT RIEN DE HOKUTO QU'IL DIT ÇA…
C'EST QUE…
EN TANT QUE TON AÎNÉ…
JE M'INQUIÈTE POUR TOI…
IL… IL "S'INQUIÈTE" ? DE QUEL DROIT ?!
IL TRAVAILLE BEAUCOUP. IL EST ABSENT LES JOURS DE REPOS.
EST-CE QUE ÇA TE CONVIENT ?
OUI, ÇA ME CONVIENT. IL…
PARCE QU'IL Y EN A BEAUCOUP.
DES TYPES QUI, UNE FOIS MARIÉS, NE S'OCCUPENT PLUS DU POISSON QU'ILS ONT FERRÉ.

DÉSOLÉ, MAIS...
TU NE CROIS PAS QUE TU AS ÉPOUSÉ UN HOMME ININTÉRESSANT ?
C... COMMENT OSES-TU...
ÇA NE TE REGARDE PAS !!

QU'EST-CE QUI VOUS ARRIVE À TOUS LES DEUX ?!
QU'EST-CE QUI SE PASSE ?
TU ES INSULTANT !
ET TOI, ALORS ?
QU'EST-CE QUI TE PREND DE DIRE ÇA ?!
DÉSOLÉ, SAKURABA.
J'AI ÉTÉ UN PEU BLESSANT.
EXCUSE-MOI...
TAKANA...
MA-MI-YA.
OUAAH ! IL M'ÉNERVE !!
IL N'AVAIT AUCUN DROIT DE CRITIQUER NOTRE COUPLE !

BAM
IL FAUT QUE JE ME CALME.
JE NE ME RAPPELAIS PAS QU'ASAHINA ÉTAIT AUSSI ÉNERVANT !
キィ...
JE N'AVAIS PAS ÉTÉ ÉNERVÉE COMME ÇA DEPUIS LE JOUR OÙ HOKUTO A DÉBARQUÉ AU CLUB OÙ JE TRAVAILLAIS !
LE TRAVAIL DE HOKUTO EST...
JE NE PEUX PAS LUI PARLER DES CIRCONSTANCES DE NOTRE MARIAGE...
CET IDIOT N'ARRIVE PAS À LA CHEVILLE DE HOKUTO ! IDIOT ! IDIOT !
TODAY'S GLOBAL MANAGEMENT
CONNAÎTRE LE VOCABULAIRE DE BASE D'AUJOURD'HUI
NEW – MANAGEMENT INFORMATION
COMMENT APPLIQUER L'ART DE LA PRODUCTION INTELLECTUELLE
L'INNOVATION INDUSTRIELLE
SÉRIE : LA RÉFORME DES CONDITIONS DE TRAVAIL
SÉRIE : LA RÉFORME DES SALAIRES
L'AVENIR DU PATRONAT

ÉVIDEMMENT, JE NE COMPRENDS PAS GRAND-CHOSE, MAIS IL A PLEIN DE LIVRES COMPLIQUÉS !
HOHOHO !
À CE PROPOS, JE NE ME SUIS JAMAIS INTÉRESSÉE À CE QU'IL FAIT EXACTEMENT.
ALLEZ, JE ME PERMETS...
VVM
CLIC
カチッ
ÉVIDEMMENT, C'EST QUE DES GRAPHIQUES COMPLIQUÉS...
...
CLIC
カチッ
...
COMPLÈ-TEMENT LARGUÉE.

TU EN AS DES PASSE-TEMPS INTÉRESSANTS !
FOUILLER DANS L'ORDINATEUR DES GENS ...
WAOUAH WOUAAH ! BONSOIR !!
ガタ
TSOP
EXCUSE-MOI, JE FAISAIS UNE RECHERCHE SUR INTERNET ...
UNE RE-CHERCHE SUR INTERNET ?
TU N'AS MÊME PAS OUVERT LE NAVI-GATEUR.
DIS, HOKUTO ...
TON TRAVAIL TE PLAÎT ?

QU'EST-CE QUE C'EST QUE CETTE QUESTION, TOUT À COUP ?
OH ...
JUSTE POUR SAVOIR ...
À VRAI DIRE ...
JE NE ME SUIS JAMAIS DEMANDÉ SI ÇA ME PLAISAIT OU NON.
ÇA FAIT JUSTE PARTIE DE MON OBJECTIF.
MAIS BON, JE SAIS QUE J'AI DE LOURDES RES-PONSABILITÉS.
L'AVENIR DE CENTAINES D'EMPLOYÉS REPOSE SUR MES ÉPAULES.

DONC ...
SI JE ME PLANTE ...
JE NE SERAI PAS LE SEUL ENNUYÉ.
ALORS J'AI TOUJOURS À L'ESPRIT QUE JE N'AI PAS DROIT À L'ÉCHEC.
MAIS ...
POURQUOI TU VEUX SAVOIR ...
WOUAAH !!
WOUAAH ! QUELLE CLASSE !
C'EST LA PREMIÈRE FOIS QUE JE PENSE ÇA DE TOI !
LA PREMIÈRE FOIS ?
ALORS ...

COMMENT TU ME VOYAIS JUSQU'À MAINTENANT ?
!
AH, EUH... EN FAIT ...
J'AI TOUJOURS PENSÉ QUE T'AVAIS LA CLASSE ! SI, SI !
AH OUI ? ET EN QUOI ?
EH BIEN ...

AH ...
HAA ...
HAA
HO... HOKUTO ...
JE...
ALORS ? EN QUOI ...
TU TROUVES QUE J'AI LA CLASSE ?
EH BIEN ...
TU NE ME TROUVERAS PAS BIZARRE, HEIN ?
LE FAIT QUE TU NE REVIENNES JAMAIS SUR TES DÉCISIONS ...
QUE TU NE QUITTES PAS TON OBJECTIF DE VUE ...

SSS
JE VAIS PRENDRE UN BAIN.
HEIN ?
QUOIII ?!
T'AS QU'À TE COUCHER.
T'ES FATIGUÉE, NON ?
QUE… C'EST DÉJÀ FINI ?
QU'EST-CE QUE ÇA VEUT DIRE ?!
ON NE BAISSE PAS LA CULOTTE DES GENS COMME ÇA ET PUIS PLUS RIEN !!
バターン
C'EST UNE BLAGUE ?!

ZZZ
HIER SOIR, ON S'EST FINALEMENT COUCHÉS SANS RIEN FAIRE...
IL... IL SE SENTAIT PEUT-ÊTRE MAL ?
GRUMPH !
ÇA VA ?
TU TRAVAILLES BIEN ?
TU N'AS PAS DE FIÈVRE ?
TU N'ES PAS ENRHUMÉ ?
BIP
ÇA VA.
TOI AUSSI, DÉBROUILLE-TOI POUR NE PAS TOMBER MALADE.
RÉPONDRE
IRRK !
DÉ... DÉ... "DÉBROUILLE-TOI" ?!
CHAIR DE POULE.
QUELLE FROIDEUR !!
DE LA PART DE HOKUTO, ÇA M'ÉCŒURE !!
...MIYA ?

QU'EST-CE QUE ÇA VEUT DIRE ?
POURQUOI A-T-ON AUTANT DE MAL À ÊTRE SUR LA MÊME LONGUEUR D'ONDE ?
MAMIYA !
AH !
T'AS FINI CE QUE JE T'AI DEMANDÉ CE MATIN ?
ET PUIS, IL FAUT S'OCCUPER DES BALLONS ICI ET ICI.
AH, DÉSOLÉE, PAS ENCORE ...
C'EST VRAI QUE JE N'AURAIS PAS DÛ TE DIRE CE QUE J'AI DIT, MAIS...
CE N'EST PAS UNE RAISON POUR RÉAGIR COMME UNE GAMINE !
JE NE RÉAGIS PAS COMME UNE GAMINE !!
J'ÉTAIS JUSTE DANS MES PENSÉES ...
C'EST ENCORE PIRE. TU ES AU TRAVAIL.
SAKU-RABA ...
ILS RECOM-MENCENT ...

C'EST BIZARRE ...
ASAHINA N'EST PAS DU GENRE À CHERCHER DES NOISES AUX AUTRES, POURTANT ...
JE ME FICHE DE TES RAISONS.
SAKURABA T'A ENGAGÉ PARCE QU'IL COMPTE SUR TOI.
ALORS SI TU NE TE DÉBROUILLES PAS POUR METTRE PLUS DE CŒUR À L'OUVRAGE ...
ÇA NE VA PAS ALLER !
TIC
"DÉBROUILLE-TOI" EST LA DERNIÈRE CHOSE QUE J'AI ENVIE D'ENTENDRE EN CE MOMENT !!
ACTUELLE-MENT, JE SUIS UN PEU PERTURBÉE !
HEIIN ?! POURQUOI TU T'ÉNERVES ? ÇA VA PAS ?!
...
ÇA NE VA PAS. JE NE PEUX PAS RESTER COMME ÇA.
CE SOIR, JE DOIS ABSOLUMENT PARLER AVEC HOKUTO.
Merde !
Je ferai en sorte qu'on ait plus à se plaindre de moi !!

パシャ
PLOUF
...
ガチャ
CLAC

QUE... QU'EST-CE QUE TU FAIS ICI ?
SPLASH
COMMENT ÇA ?
HÉ HÉE !
JE SUIS VENUE TE FROTTER LE DOS ! ♡
NOUS SOMMES MARIÉS. C'EST BIEN AUSSI DE TEMPS EN TEMPS ...
D'AVOIR DES MOMENTS DE NUDITÉ TOUS LES DEUX !
D'avoir des moments de nudité tous les deux ?
DIS, HOKUTO ...
IL Y A QUELQUE CHOSE QUE TU NE ME DIS PAS, N'EST-CE PAS ?
QU'EST-CE QUE TU RACONTES ?
QU'EST-CE QUI TE FAIT DIRE ÇA ?
C'EST QUE...
TU ES BIZARRE.

QUAND IL Y A QUELQUE CHOSE QUE TU NE VEUX PAS ME DIRE ...
TU AS UN COMPORTEMENT DOUTEUX.
...
TU TE FAIS DES IDÉES. TU ES SÛREMENT FATIGUÉE ...
AH, TU VOIS ! C'EST CE QUE JE DISAIS !
TU ESSAIES DE ME CACHER QUELQUE CHOSE.
JE VOIS ...
JE NE TE LE CACHAIS PAS.
C'EST JUSTE QUE J'HÉSITAIS À TE LE DIRE.
MON PÈRE EST TOMBÉ MALADE.

POURQUOI ?!
POURQUOI TU NE M'AS PAS PARLÉ DE QUELQUE CHOSE D'AUSSI IMPORTANT ?!
ÇA N'EST PAS SI IMPORTANT QUE ÇA.
LE PROBLÈME N'EST PAS LÀ.
À CAUSE DE ÇA, IL VOUDRAIT QUE J'ACCEPTE ...
DE REPRENDRE UNE PARTIE DU SECTEUR DES AFFAIRES INTERNATIONALES DONT IL S'OCCUPE.
DIS-MOI... C'EST UNE PROMOTION, ÇA !
SUPER ! TU AS ACCEPTÉ, BIEN SÛR ?!
NON, PAS ENCORE.

HEIIIN ?! POURQUOI ?!
POURQUOI TU N'ACCEPTES PAS ?!
T'ES VRAIMENT BIZARRE !!
DÉSOLÉ D'ÊTRE BIZARRE !
Tiens ? Il l'a reconnu.
J'AI CONSCIENCE D'AGIR BIZARREMENT ...
JUSQU'À MAINTENANT, J'AURAIS ACCEPTÉ CETTE OFFRE SANS HÉSITER.
MAIS J'AI RÉFLÉCHI.
SI JE TRAVAILLE PLUS ET QUE JE PASSE ENCORE MOINS DE TEMPS AVEC TOI ...

ÇA NE RIME À RIEN QU'ON SOIT MARIÉS ...
ET QU'ON VIVE ENSEMBLE ...
JE RÊVE...
HOKUTO A RÉFLÉCHI À ÇA...
HUM...
T...

MÊME SI
ÇA ME REND
HEUREUSE...
TU
SAIS
...
ÇA VA
!
JE NE PEUX
PAS LUI DIRE.
JE NE
SUIS PAS
TRISTE.
ALORS
ACCEPTE
!

SHH
MOI, ÇA NE VA PAS ...
HM ? TU AS DIT QUELQUE CHOSE ?
NON, RIEN.
NE T'INQUIÈTE PAS. JE VAIS ACCEPTER.
JE SAVAIS QUE TU DIRAIS ÇA, DE TOUTE FAÇON.
OUI ...

HOKUTO …
QUOI ?
JE T'ADORE.
JE SAIS.
MAIS DIS-MOI. COMBIEN DE TEMPS TU VAS ME FROTTER LE DOS ?
ET LES AUTRES ENDROITS ALORS ?
HEIN ? JE PEUX TE LAVER AILLEURS ?
TANT QUE T'Y ES, FAIS CE QUE TU VEUX.
ALORS JE NE VAIS PAS ME GÊNER …
…
DIS, HOKUTO …
TU NE CROIS PAS…
QUE TU DEVRAIS ALLER VOIR TON PÈRE ?

JE SAVAIS AUSSI …
QUE TU DIRAIS ÇA… C'EST POUR ÇA QUE JE NE VOULAIS PAS T'EN PARLER.
MAIS …
QUOI QUE TU EN DISES …
C'EST TON PÈRE …
A… ALORS TU POURRAIS AU MOINS…
JE NE SAIS PAS QUELLE MALADIE IL A, MAIS…
TAIS-TOI !
SHLAC

JE TE L'AI DÉJÀ DIT, TU ES MA SEULE FAMILLE.
JE ME FICHE DE LUI.
TU AS BEAU DIRE ÇA...
JE N'AI PAS L'IMPRESSION QUE CE SOIT SI SIMPLE.
TU N'ES PAS AUSSI INSENSIBLE QUE TU LE PENSES.
ÇA AUSSI, ÇA FAIT PARTIE DE TES QUALITÉS.
U... UNE FAMILLE ...
ALORS TU NE ME VOIS PAS COMME UNE "FEMME" ?
HEIN ?

QU'EST-CE QUE TU RA-CONTES ?
JUSTE COMME ÇA POUR SAVOIR ...
QU'EST-CE QUI PEUT PROVOQUER TON DÉSIR ?
T'AS PAS L'AIR FRUSTRÉ QUAND TU T'ARRÊTES EN PLEIN MILIEU ...
EST-CE QUE C'EST PARCE QUE TU ES PLUS ADULTE QUE MOI ?
C'EST PEUT-ÊTRE NORMAL DE FAIRE ÇA, MAIS MOI... JE...
PFF...
TU ÉTAIS ENCORE VIERGE IL N'Y A PAS SI LONGTEMPS ...
TAC
ALORS QU'EST-CE QUI TE P...

WAOUAH WOUAH !
NE VA PAS T'IMAGINER DES TRUCS. JE FAIS ATTENTION À TOI, MOI.
ÇA A L'AIR DE TE FAIRE ENCORE MAL, ALORS J'AVAIS PAS ENVIE DE TE BRUSQUER.
PFF...
HEIN ? V... VRAIMENT ?
OUI, PARCE QUE JE SUIS ADULTE !
MAIS ...
TANT QUE ÇA VIENT DE TOI...
JE VEUX BIEN SUPPORTER N'IMPORTE QUOI...

...
MERDE.
QUOI ?
JE SUIS EXCITÉ.
ÉCARTE LES JAMBES.
MONTE SUR MOI.
!
ICI ?!
SANS AUCUN PRÉLIMINAIRES ?
MAIS ...
!
TU AS MAL ?
...
ÇA VA ...

MOI
...
ÇA NE
VA PAS
...

SOCIÉT
I-MA
ASAHINA !
...
LA RÉUNION VA POUVOIR ÊTRE MAINTENUE.
ET TIENS. ÇA VIENT DE M. MURAKAMI, DE LA COMPTABILITÉ.
T'ES DE BONNE HUMEUR... IL S'EST PASSÉ QUELQUE CHOSE ?
OUI, EN QUELQUE SORTE ...
ON LE DEVINE TOUT DE SUITE !
BAH, TANT MIEUX ...
AU FAIT, ASAHINA ...
TANT QUE J'Y SUIS, LAISSE-MOI TE CORRIGER.

MON MARI N'EST PAS UN HOMME ININTÉRESSANT !
C'EST UN HOMME QUI A LA CLASSE !
JE M'EXCUSE ENCORE UNE FOIS.
J'AI EU TORT.
TAC
TANT MIEUX POUR TOI.
TU AS L'AIR DE BIEN T'ENTENDRE AVEC LUI.

OUI ...
APRÈS TOUT, NOUS SOMMES UN COUPLE MARIÉ !
NOUS ALLONS À LA RÉUNION, ALORS PRÉPARE-TOI.
AH, OUI.
TANT QUE CE SENTIMENT EST LÀ, TOUT VA BIEN.
J'EN SUIS SÛRE.

"Fais ce que tu veux", ça veut dire que je peux aussi te laver les... les cuisses ?!
Je ne savais pas que tu étais ce genre de femme...
ドキ DO DOM
ドキ DO DOM

19e Vœu
“Que” suis-je pour toi ?

?
C'EST QUOI, CE BRUIT ?
AH, PARDON.
JE T'AI RÉVEILLÉ ?

AH, C'EST LA TÉLÉ ?
OUI, C'EST UNE ÉMISSION SPÉCIALE SUR LES STATIONS BALNÉAIRES.
LA TÉLÉ EST DANS LA CHAM-BRE.
AAH, UNE MER TURQUOISE, DU SABLE BLANC ! ÇA DOIT ÊTRE BIEN !
QU'EST-CE QUE J'ENVIE LES CÉLÉBRITÉS ! ELLES VONT DANS DE BEAUX HÔTELS, MANGENT DES PLATS DÉLICIEUX ET ONT UN TRAVAIL DE RÊVE !
AH ?
AUJOURD'HUI, C'EST LE DÉBUT D'UNE SÉRIE DE TROIS JOURS DE VACANCES.
D'HABITUDE, MON MARI, HOKUTO, AURAIT TRAVAILLÉ D'ARRACHE-PIED, MAIS …
CETTE FOIS, IL EST LIBRE TOUTES LES VACANCES …
J'AI UN AMI PRODUCTEUR ARTISTIQUE ALORS JE PEUX T'ASSURER QUE…
CE TRAVAIL PEUT AUSSI ÊTRE TRÈS CONTRAIGNANT.
EN RÉALITÉ, J'ADORERAIS PARTIR QUELQUE PART AVEC LUI, MAIS…
AH BON ?
ÇA A L'AIR SUPER, POURTANT.
IL VAUT PEUT-ÊTRE MIEUX QUE JE LE LAISSE SE REPOSER…
"SUPER" …

ALLEZ, VIENS ! ON SORT !
HEIN ? MAIS ...
HEIN ?
PRÉPARE-TOI TOUT DE SUITE !
TU ES FATIGUÉ, NON ? TU DEVRAIS TE REPOSER ...
ÇA VA.
TSHH
NOUS AVONS TROIS JOURS DE VACANCES ...
ALORS CE SERAIT DOMMAGE DE NE RIEN FAIRE !

YOUPI !!
OU... OUI !
JE ME PRÉPARE TOUT DE SUITE ! ATTENDS-MOI !!
UNE SORTIE EN AMOUREUX !!
C'EST LA PREMIÈRE FOIS DEPUIS QUE NOUS NOUS SOMMES AVOUÉ NOS SENTIMENTS !!
DÉSOLÉE POUR L'ATTENTE !
N'EST-CE PAS MA RÉCOMPENSE POUR AVOIR ÉTÉ UNE BONNE ÉPOUSE (?) TOUS LES JOURS ?!
ON VA OÙ ?!
HM ...
AU CINÉMA ? FAIRE DU SHOPPING ?
JE VIENS D'APPELER UN TAXI.
AH ?
ON NE PREND PAS TA VOITURE ?
VLAM
VRROM
...
DÉPARTS
EMBARQUEM
?
?
Viens !
?
?

OKINAWA*.
AU CRÉPUSCULE, EN PLUS...
ざ TADAM ーーん....
* ÎLE SITUÉE AU SUD-OUEST DES QUATRE ÎLES PRINCIPALES DE L'ARCHIPEL JAPONAIS, À MI-CHEMIN ENTRE LE JAPON ET TAIWAN, NDT.
IL FAIT CHAUD.
ÉVIDEMMENT...
C'EST LA MER ?!
OUI ...
MAIS IL FAIT UNE CHALEUR DIFFÉRENTE DE CELLE DE TOKYO.
C'EST PAS CE QUE JE VEUX DIRE !!
ぱっ PAH
POURQUOI TOUT À COUP ?!
HEIN, POURQUOI ?

EH BIEN ...
C'est tout.
TU AVAIS L'AIR DE VOULOIR Y ALLER.
FUU
JE RESTERAI TOUTE MA VIE AVEC TOI ...
MON CHÉRI !!
QUE TU ES VÉNALE !
ON DIRAIT UN RÊVE MAIS CE N'EN EST PAS UN !
JE SUIS À LA MER AVEC HOKUTO ! ON EST RIEN QUE TOUS LES DEUX, EN AMOUREUX !
DIS ...
DIS ...
QU'EST-CE QUE TU EN PENSES ?
HM ?

* LITTÉRALEMENT, "BOL DE RIZ AU RAISIN DE MER" (UMIBUDÔ). LE RAISIN DE MER, OU CAULERPA LENTILLIFERA, EST UNE ESPÈCE D'ALGUE VERTE EN FORME DE GRAPPE DE RAISINS MINIATURE, NDT.

JE M'AMUSE RIEN QU'À TE REGARDER.
C'EST LA PREMIÈRE FOIS QUE JE TE VOIS JOYEUSE COMME ÇA PENDANT TOUTE UNE JOURNÉE.
MIOM
AH... MAIS TU M'AS QUAND MÊME AMENÉE ICI !
JE N'AI AUCUNE RAISON DE FAIRE LA TÊTE...
BLA
BLA
C'EST VRAI, MAIS ...
AVANT, TU NE RIAIS PRATIQUEMENT JAMAIS DEVANT MOI.
TÔFU CHANPURÛ
DOURU TEN
SASHIMI DE GURUKUN
SANS BLAGUE ...
JE NE T'AI QUASIMENT JAMAIS VUE SOURIRE ...

MAIS POURTANT, AUJOUR-D'HUI...
TA SIMPLE PRÉSENCE ME REND HEUREUSE...
QU'ON EST BIEN...
JE VOUDRAIS QUE CE MOMENT NE S'ARRÊTE JAMAIS...
PARCE QUE DÈS QU'ON SERA DE RETOUR À TOKYO...
Il va me tomber dessus !
T'AS FAIT CE QUE JE T'AI DEMANDÉ-?!
Si je mangeais, moi aussi ?
JE VAIS NOUS ENREGISTRER À L'ACCUEIL. ATTENDS-MOI ICI.
D'AC-CORD.

TIENS ?
C'EST VOUS, MONSIEUR MAMIYA ?
YURIE ?
ALORS C'EST BIEN VOUS !
ÇA FAIT LONGTEMPS !!
C'EST QUI, CETTE FILLE ?!
VOUS AVEZ L'AIR EN FORME !
AH, J'AI LU LE JOURNAL, L'AUTRE JOUR !
"LES 20 JEUNES PATRONS CÉLIBATAIRES QUI FONT PARLER D'EUX."
GLUP
...

MAIS QUEL HASARD ! VOUS ÊTES EN VOYAGE ?
SST
HUM... QUI EST-CE ?
C'EST YURIE, LA FILLE DE M. SHINOZAKI, LE PATRON DE LA SHINOZAKI CORPORATION...
UN CLIENT IMPORTANT.
OH, VOUS N'ÊTES PAS SEUL ?
ALORS COMME ÇA, C'EST UNE CLIENTE...
EN... ENCHANTÉE.
!
VOICI MA PETITE SŒUR, CHIWA.

SA "PETITE SŒUR" ?!
J'IGNORAIS QUE VOUS AVIEZ UNE PETITE SŒUR.
HO... HO... HOKUTO ...
C'EST QUOI CETTE BLAGUE ...
MAIS DITES-MOI, VOTRE PÈRE VA BIEN ?
OUI ...
VOUS VOYAGEZ ENSEMBLE ...
VOUS DEVEZ BIEN VOUS ENTENDRE !
POURQUOI IL NE ME PRÉSENTE PAS COMME SA FEMME ?
AH, AU FAIT !
VOUS AURIEZ DU TEMPS, CE SOIR ?
SI VOUS ÊTES LIBRE, EST-CE QUE JE PEUX VENIR DANS VOTRE CHAMBRE ?
IL Y A UN TAS DE CHOSES DONT JE DOIS VOUS PARLER ...
TU... TU NE VAS TOUT DE MÊME PAS ACCEPTER, HOKUTO ?!
JE SUIS SÉRIEUSE !
CE SOIR, ON EST CENSÉS PASSER LA SOIRÉE ENSEMBLE
NON ?!
BIEN SÛR ...
ÇA NE ME DÉRANGE PAS.
SHOCK

SHOCK
SHOCK
MAIS CE NE SERAIT PAS MIEUX QU'ON SE VOIE À L'EXTÉRIEUR ?
NON, DANS VOTRE CHAMBRE NOUS POURRONS PARLER PLUS AU CALME !
ET J'AIMERAIS DISCUTER AVEC VOTRE SŒUR AUSSI.
AH …
Elle ne se sent pas bien ?
JE SAIS QUE C'EST POUR SON TRAVAIL.
803
MAIS POUR CE SOIR …
JE NE M'EN REMETS PAS…

CE QUI ME CHOQUE …
CE N'EST PAS QU'IL AIT FAIT PASSER CETTE FEMME AVANT MOI …
ET EN PLUS, IL S'AMUSE …
JE VIENS TOUT JUSTE D'ÊTRE CITÉ DANS UNE REVUE SUR LES PATRONS CÉLIBA-TAIRES …
GRAP
JE M'EN FICHE DE ÇA ! ESPÈCE D'IDIOT !!
MON ENTOURAGE N'EST MÊME PAS AU COURANT DE NOTRE MARIAGE.
ET JE COMPRENDS QUE CE SOIT ENNUYEUX POUR LUI D'EN PARLER.
TANT QU'IL ME TRAITE COMME SA FEMME …
CE N'EST PAS GRAVE.
MAIS QUE LUI-MÊME …

ME PRÉSENTE COMME SA PETITE SŒUR ...
SA PETITE SŒUR !
J'AURAIS VOULU QUE DEVANT CETTE FEMME ...
IL ME PRÉSENTE OUVERTEMENT COMME SON ÉPOUSE ...
KII
...
ELLE EST PARTIE ...

... JE SUIS DÉSOLÉ ...
ET... J'AIMERAIS T'OFFRIR UNE COMPENSATION ...
JE VAIS PRENDRE UNE DOUCHE ...
ET ON...
PAS QUESTION !
HEIN ?
PAS QUESTION ! ON NE FERA PAS L'AMOUR !
JE NE PEUX PAS FAIRE L'AMOUR AVEC MON GRAND FRÈRE !
...
VOYONS !!
JE T'AI EXPLIQUÉ POURQUOI J'AI DIT ÇA !
ET PUIS, J'AI ENCORE MAL, ALORS C'EST PAS TRÈS AGRÉABLE. JE VEUX PAS.
BOM

TOI ALORS !!
QUI EST-CE QUI DISAIT QUE C'ÉTAIT PAS GRAVE SI ÇA FAISAIT MAL, HEIN ?!
Tu dis ça comme si c'est moi qui étais mauvais !!
がばっっ
VLAM
DE TOUTE FAÇON, JE FERAI RIEN !! J'AI PAS ENVIE !!
JE SAIS BIEN...
CE SOIR ...
J'AI AUCUNE ENVIE DE DORMIR AVEC TOI ...
QUE HOKUTO S'EN FAIT POUR MOI ...
...
ET QU'IL CHERCHE À ME REMONTER LE MORAL...
MAIS...
FAIS CE QUE TU VEUX !
JE M'EN FICHE !

バタン
VLAM
LE PEU DE FIERTÉ QUE J'AVAIS...
EST EN MIETTES.
MAIS...
SI JE LUI DIS, IL NE COMPRENDRA SÛREMENT PAS...
ザ
SHH
...

JE SUIS SORTIE...
SANS AVOIR PU LUI DIRE UN MOT...
HOKUTO N'A PAS BOUGÉ DU LIT...
LA JOIE QUI M'HABITAIT ENCORE HIER ME SEMBLE MAINTENANT IRRÉELLE.
SI J'AVAIS CÉDÉ, NOUS N'EN SERIONS SÛREMENT PAS LÀ.
MAIS...
Qu'est ce que je prends comme souvenir ?
AH !
MADE-MOISELLE MAMIYA !
AH ...
QUEL HASARD ! VOUS FAITES LES BOUTIQUES TOUTE SEULE ?

AH... BONJOUR...
WOUAAH !
POURQUOI FAUT-IL QUE JE TOMBE SUR LA SOURCE DE MES PROBLÈMES ICI ?!
OÙ EST VOTRE FRÈRE ?
IL... IL DORT ENCORE...
ELLE N'A AUCUN DOUTE SUR LE FAIT QUE JE SOIS SA SŒUR...
AH BON ?
DITES...
AAH, ET SI JE LE LUI DISAIS, MOI, QUE JE SUIS SA FEMME...
PUISQUE VOUS ÊTES SEULE, ÇA VOUS DIT DE PASSER UN PEU DE TEMPS AVEC MOI ?
HEIN ?
JE N'AI PAS PU REFUSER !!
OH, VOUS RENTREZ DEMAIN ?
QUEL DOMMAGE ! J'AURAIS AIMÉ QUE VOUS ME PARLIEZ PLUS DE VOTRE FRÈRE !
Elle insiste !
P...
POURQUOI VOUS VOULEZ QUE JE VOUS PARLE DE LUI ?
HI HI HI !
POUR TOUT AVOUER...

AVANT …
JE VOULAIS ME MARIER …
AVEC VOTRE FRÈRE !
QUOI ?
DÈS LE PREMIER REGARD, JE SUIS TOMBÉE FOLLE AMOUREUSE.
MAIS C'ÉTAIT SANS ESPOIR, ALORS J'AI RENONCÉ.
JE L'AI RENCONTRÉ À UNE SOIRÉE, JE NE SAIS PLUS QUAND.
ALORS J'AI DEMANDÉ À MON PÈRE …
DE CRÉER UNE OCCASION DE POUVOIR L'ÉPOUSER.

APRÈS TOUT, M'ÉPOUSER AURAIT ÉTÉ BÉNÉFIQUE POUR SA SOCIÉTÉ, NON ?
MAIS ÇA N'A PAS ÉTÉ POSSIBLE. IL M'ÉVITAIT HABILEMENT …
JE NE L'ATTIRAIS SANS DOUTE PAS.
OU PEUT-ÊTRE QU'IL EST DÉCIDÉ À RESTER CÉLIBATAIRE …
OUI… SI ENCORE IL SE MARIAIT …
MAIS IL NE LE FAIT PAS …
ALORS J'AI FINI PAR ME DIRE …
QUE CE GENRE D'HOMME N'APPARTIENT À PERSONNE.
GLUP
APRÈS TOUT, HOKUTO NE M'A PAS ÉPOUSÉE …
KLING
CE QU'ELLE DIT…
EST PEUT-ÊTRE VRAI…
AH, JE SUIS DÉSOLÉE.
JE DOIS VOUS ENNUYER AVEC MES HISTOIRES !
PARCE QU'IL M'A CHOISIE.
N… NON …

S'IL AVAIT EU PLUS D'AVANTAGES EN ÉPOUSANT CETTE FEMME ...
PLUTÔT QUE MOI...
HOKUTO L'AURAIT CHOISIE...
ET AUJOURD'HUI, ILS S'AIME-RAIENT COMME NOUS NOUS AIMONS...
C'EST HORRIBLE. ÇA NE SERT À RIEN DE PENSER CE GENRE DE CHOSES, MAIS...
EUH ...
JE NE SUPPORTE PLUS D'ÊTRE EN FACE D'ELLE.
EXCU-SEZ-MOI...
STAP
JE VIENS DE ME RAPPELER QUE J'AVAIS QUELQUE CHOSE À FAIRE !
D'ACCORD... MAIS LE CIEL EST MENAÇANT.
VOUS DEVRIEZ ATTENDRE UN PEU.
NON !
ÇA IRA !
JE NE PEUX PAS...
ME VANTER DEVANT ELLE D'ÊTRE LA FEMME DE HOKUTO !

PARCE QU'AVANT DE NOUS MARIER…
HOKUTO ET MOI N'AVONS RIEN VÉCU ENSEMBLE.
JE DOIS RETOURNER AUPRÈS DE LUI.
CE N'EST PAS LE MOMENT DE ME PRENDRE LA TÊTE. JE DOIS RESTER AVEC LUI, MÊME SI JE N'AI PAS LE MORAL.
C'EST POUR ÇA QUE JE SUIS TOUJOURS INQUIÈTE.
NOUS SOMMES VENUS ICI POUR ÊTRE À DEUX…
ALORS C'EST IDIOT DE NE PAS RESTER ENSEMBLE !
FSHHH

PLOC
HO …
HAA
HOKUTO …
PLIC
PLOC
GLUP
QU'EST-CE QUE C'EST QUE ÇA ? QU'EST-CE QUI T'A PRIS ?!
ET EN PLEINE JOURNÉE, EN PLUS ?!

* BOISSON ALCOOLISÉE TYPIQUE D'OKINAWA, NDT.
Ah, boire autant d'Awamori*...
AH... C'EST TOI...
ゆら
FUU
JE PENSAIS... QUE TU REVIENDRAIS PAS...
DZIM
BRRRRRR
Il fait peur !
TU... TU DEVRAIS T'ASSEOIR !
JE COMPRENDS PAS TOUT MAIS TU AS...
TROP...
がしっ
GRAP
Buuuuuuu ?!

DOM
YAH !
GLUP
!
Y A PAS DE PETITE SŒUR …
OU DE GRAND FRÈRE !
TU ES …
MA FEMME !
TU ES …
MON ÉPOUSE !
HOKUTO …

SHLAC
ぶちっ
HIII !
IL... IL EST SAOUL !!
IL EST COMPLÈTEMENT SAOUL !!
WAOUAH ! WOUAH ! WOUAH ! WOUAH ! WOUAH !
NON, NON ! JE VEUX PAS, HOKUTO !!
BADAM じた
BADAM ばた
C'EST DU VIOL, ÇA !!
TU NE VAS TOUT DE MÊME PAS VIOLER TA FEMME ?!
STOP ぴた。
I... IL S'EST ARRÊTÉ ...
AH...
MERDE ...
FUU ふわ
POURQUOI ...
ÇA SE PASSE COMME ÇA ?

QU'EST-CE QU'ELLE FAISAIT LÀ ? RENCONTRER UNE CLIENTE... ICI !
J'AI HONTE ! QUAND JE SUIS AVEC TOI ...
DO DOM
IL A HONTE ...
J'AI HONTE. AVEC MON AIR AMOUREUX PITOYABLE ...
SI ÇA S'ÉBRUITE QUE JE FLIRTE AVEC UNE FEMME, TOUT MIELLEUX ET DÉTENDU ...
MON... IMAGE... MON IMAGE ...
HIC
BEFFF
HEIN ?
DÉ... DÉSOLÉE DE RIRE !
TU N'ÉTAIS PAS SI MIELLEUX QUE ÇA, ALORS NE T'EN FAIS PAS POUR TON IMAGE !
HA HA HA HA!

POURQUOI TU T'EXCUSES ?!
HIC
DÉ... DÉSO...
C'EST MOI, LE FAUTIF !!
AAH... MERDE ...
JE RECOMMENCE ...
TU RIAIS ET VOILÀ ...
RHAA ...
TOUT CE QUE JE VOULAIS ...
C'ÉTAIT TE VOIR SOURIRE ...
C'EST TOUT ...
C'EST POUR ÇA QUE JE T'AI AMENÉE ICI.

ALORS SI C'ÉTAIT POUR EN ARRIVER LÀ, AU DIABLE MA HONTE !
J'AURAIS DÛ REFUSER...
HOKUTO...
J'AI FOIRÉ...
AAH, MERDE !
IL SE TRACASSAIT POUR ÇA...
C'EST POUR ÇA QU'IL A BU ?!
J'AI FOIRÉ...
P...
PARDON DE NE PAS ÊTRE RESTÉE AUPRÈS DE TOI...
DÉSOLÉE, MAIS ÇA ME FAIT PLAISIR...
JE T'EN VOULAIS, MAIS...
TOUT EST DEVENU SANS IMPORTANCE QUAND JE T'AI VU COMME ÇA.
DE TE VOIR DANS CET ÉTAT À CAUSE DE MOI...

PUIS-QUE JE TE DIS...
DE PAS T'EXCUSER !
Oui, désolée.
MAIS ...
ÇA VEUT DIRE QUE TU NE ME DÉTESTES PAS...
!
TANT MIEUX.
JE NE VEUX SURTOUT PAS...
QUE TU ME DÉTESTES ...
JE N'AI PLUS QUE TOI ...
ALORS ...
JE NE SUPPORTERAIS PAS QUE TU ME REJETTES ...
HIC
どっきん
DODOM
ALORS ...
NE DIS PAS QUE TU NE VEUX PLUS FAIRE L'AMOUR AVEC MOI ! S'IL TE PLAÎT !
どっきん
DODOM
S'IL TE PLAÎT ...
!...

GW!!!!
TU SERAS TOUJOURS À MOI ...
IL EMPESTE L'ALCOOL !!!
JE VAIS M'ÉVANOUIR !
Mon nez n'arrête pas de saigner !!
BRRR...
J'AI FROID ...
QUELLE HORREUR ! TU AS VRAIMENT TROP BU !
HEIN ?
POURQUOI T'ES MOUILLÉE ?
AH, IL PLEUVAIT.
Tu viens seulement de le remarquer ?!
FSHH
AAH, C'EST POUR ÇA QUE J'AVAIS FROID ...
DÉSHABIL-LE-TOI.
HEIN ?

ALLEZ ...
DÉSHA-BILLE-TOI !
TOUT DE SUITE !
J'AI FROID ...
ザァァァァ
FSHHHH
ザァァァ...
FSHHHH
DIS ...

AI-JE LE DROIT DE M'EN ENORGUEILLIR UN PEU ?
QU'IL N'Y AIT QU'AVEC MOI QUE TU TE DÉVOILES...
ET QU'IL N'Y AURA JAMAIS QU'AVEC MOI QUE TU LE FERAS...
ET QUE CE N'EST PAS PARCE QUE JE SUIS TA FEMME MAIS PARCE QUE C'EST "MOI" ?
...

AH ! HOKUTO ...
GGH
AH !
AH !
C'EST PEUT-ÊTRE À CAUSE DE L'ALCOOL...
TAC
NON ...
AT...
AT-TENDS ...
HAA...
HAA...
MAIS ÇA N'A RIEN À VOIR AVEC D'HABITUDE.
IL EST BRUTAL...
HM ...
ET NE ME LAISSE AUCUN RÉPIT...
CHIWA ...
JE T'AIME.
C'EST TELLEMENT ...
HAA...
DODOM

HEIN ?
QU'EST-CE QUE C'ÉTAIT ?
À L'INSTANT …
HEIN ?
J'AI DIT QUE JE T'AIMAIS ET…
…
AH, ÇA RECOMMENCE.
JE VOIS …
QUAND JE DIS QUE JE T'AIME, ÇA TE FAIT RÉAGIR …
かぁ
BLUUSH
JE T'AIME, CHIWA.
AH …
C'EST PAS VRAI !
JE T'AIME.
TOI AUSSI …
DIS-MOI QUE TU M'AIMES.
JE T'AIME.
NON …
A…

ARRÊTE !
CROC
AH ...
L... LAISSE-MOI RESPIRER ...
UN PEU ...
HAA...
?
???
CHIWA ?
QUAND EST-CE QUE TU ES RENTRÉE ?
HEIN ?
POURQUOI ON FAIT L'AMOUR ?
SHOCK
!!
PAF
AÏE !
TON CÔTÉ SENSIBLE ET TON CÔTÉ BRUTAL...
JE VEUX QUE TU NE LES MONTRES QU'À MOI...

TU AS VRAIMENT UNE SALE TÊTE ...
NON ...
ÇA VA ? TU DEVRAIS T'ALLONGER ...
PFF !
JE VAIS T'ACHETER DES MÉDICAMENTS ET QUELQUE CHOSE À BOIRE. BOUGE PAS.
バタバタバタ
TA TAP TA TAP TA TAP
ET À PERSONNE D'AUTRE...
QUE MOI...
那覇空港
国内
...
YURIE ...

QUE FAITES-VOUS ICI ?
TAC-!
HIER, VOTRE SŒUR M'A DIT L'HEURE À LAQUELLE VOUS PARTIEZ.
AH BON ?
ELLE NE M'A PAS DIT QU'ELLES S'ÉTAIENT VUES !
JE RESTE ENCORE UN PEU ICI ALORS ...
JE PENSAIS VOUS ACCOMPAGNER À L'AÉROPORT ...
AH !
VOUS SAIGNEZ ?!
ICI...
VOUS VOUS ÊTES BLESSÉ ?!
MINCE.
C'EST ... MA FEMME ...
HIER ... ELLE ÉTAIT PLUTÔT FÂCHÉE ...

AH...
MAIS... COMMENT ? VOUS N'ÊTES PAS CÉLIBATAIRE ?
CHIWA EST MA FEMME...
ET NON MA PETITE SŒUR.
JE SUIS MARIÉ.
JE M'EXCUSE DE VOUS AVOIR MENTI.
JE CONNAISSAIS VOS SENTIMENTS...
ALORS JE CHERCHAIS À VOUS CACHER LA VÉRITÉ POUR NE PAS VOUS BLESSER...
MAIS... J'AI EU TORT. JE N'AURAIS PAS DÛ VOUS MENTIR.

VOUS NE VOULIEZ PAS ME BLESSER ...
CAR JE SUIS LA FILLE D'UN DE VOS CLIENTS ...
N'EST-CE PAS ?
...
VOUS POUVEZ ME BLÂMER SI VOUS VOULEZ.
N... NON, NON !
JE NE SUIS PAS EN DROIT DE VOUS BLÂMER.
DITES-MOI JUSTE UNE CHOSE ...
AVEC VOTRE FEMME... EST-CE UN MARIAGE D'AMOUR ?
OUI.

DIS... HOKUTO ...
HM ?
TU NE TE RAPPELLES VRAIMENT PAS CE QUE TU M'AS DIT HIER ?
TU M'ENNUIES !
JE T'AI DIT QUE JE ME SOUVENAIS DE RIEN !
MAIS ...
TU M'AS DIT AU MOINS CENT FOIS QUE TU M'AIMAIS !!
C'ÉTAIT PAS MOI !
ÇA PEUT PAS ÊTRE MOI !
Je ne m'abaisserais pas à ça !
ET TU M'AS AUSSI DIT PLEIN D'AUTRES CHOSES INCROYA-BLES !!
Alors avec qui j'ai fait l'amour ?!
J'AI MAL À LA TÊTE, ALORS ARRÊTE DE ME PARLER !
RHAA, J'EN SAIS RIEN, JE M'EN FICHE !

PFF ...
FUU...
ALORS JE TE REFERAI BOIRE ...
MÊME SI LE MONDE ENTIER IGNORE QUE NOUS SOMMES MARIÉS...
JE NE LAISSERAI À PERSONNE MON HOKUTO ...
JE VEUX BIEN BOIRE POUR FÊTER UN ÉVÉNEMENT, MAIS ...
PLUS JAMAIS JE NE BOIRAI PAR DÉSESPOIR.
Je me sens mal...
QUE JE SUIS LA SEULE À VRAIMENT CONNAÎTRE.
AH ...
DANS CE CAS, ON PEUT FÊTER NOTRE RETOUR ?
TU CHERCHES À ME TUER ?

Tu veux des conseils pour t'y prendre avec une femme sans expérience ?
Eh ben, je dirais qu'il faut des préliminaires avec la langue pendant deux heures !!
D... Deux heures ?!
Mais attends, c'est maintenant que tu me demandes ça ?
T'es con, ou quoi ?!

20e Vœu
Est-ce la voie que tu as choisie ?

PAH
JE SUIS DÉSOLÉE, HOKUTO !!
ON M'A DEMANDÉ À TOUT PRIX D'ÊTRE LÀ DIMANCHE, MÊME SI CE N'EST QUE LE MATIN !!
MAIS JE TE PROMETS DE VENIR L'APRÈS-MIDI !!
JE FERAI EN SORTE QUE ÇA NE SE REPRODUISE PAS ALORS... PARDONNE-MOI !!

SI ÇA TE MET DANS CET ÉTAT, RIEN NE T'OBLIGE À VENIR VOIR MA FAMILLE !
EN PLUS, CETTE FOIS, J'Y VAIS POUR UNE AFFAIRE UR-GENTE ...
Tu n'as pas à te prosterner.
NON ! C'EST MAL !
JE SUIS TA FEMME ALORS JE DOIS ÊTRE LÀ !
Si tu le dis...
...
MAIS IL S'AGIT DE LA PRÉSENTATION QUE TU PRÉPARES DEPUIS UN MOMENT, NON ?
OUI, MAIS ...
TOUTE LA FAMILLE MAMIYA A ÉTÉ CONVOQUÉE SUBITEMENT DIMANCHE PROCHAIN.
MAIS CE JOUR-LÀ, ON M'A DEMANDÉ DE VENIR TRAVAILLER ...
J'AI TENTÉ DE NÉGOCIER AVEC ASAHINA, MAIS IL N'A RIEN VOULU ENTENDRE ...
Pas question ! On manque d'effectifs alors t'as intérêt à venir !
APRÈS CE QUI S'EST PASSÉ AU NOUVEL AN...
AH, JE SAIS !
CE SERAIT L'OCCASION DE RÉTABLIR MON HONNEUR...
JE N'AI QU'À ÊTRE MALADE, CE JOUR-LÀ !
T'ES PLUS UNE ÉCOLIÈRE !
ポン POM
MAIS... SI JAMAIS TON GRAND-PÈRE TE FAIT DES REPROCHES ...
ふーう FUU

DANS TOUS LES CAS ...
NE SACRIFIE PAS TOUT POUR MOI.
TU AS TON TRAVAIL.
ALORS SOIS RES-PONSABLE.
TU DIS ÇA, MAIS ...
ÊTRE TA FEMME, C'EST AUSSI MON TRAVAIL ...
SI SEULEMENT ASAHINA ÉTAIT UN PEU PLUS COMPRÉHENSIF, AUSSI !
MES PARENTS POURRAIENT MOURIR, IL NE ME DONNERAIT PAS UN JOUR DE REPOS !
HEIN ?
EH BIEN, ON DIRAIT QUE C'EST UN CHEF QUI ME RESSEMBLE COMME DEUX GOUTTES D'EAU, CET ASAHINA !
HM ?
ENTENDRE SON NOM PRONONCÉ PAR HOKUTO M'A FAIT UN CHOC.
P... PAS DU TOUT !
IL NE TE RES-SEMBLE PAS DU TOUT !

JE NE VEUX PAS LUI DIRE QUE J'AI ÉTÉ AMOUREUSE DE LUI, AVANT ...
HUM ...
TU ES BIEN PLUS...
Comment dire...
BIEN PLUS ...
QUOI ?
OUH... TU LE SAIS, NON ?
JE VOIS.
SI TU NE VEUX PAS LE DIRE, TANT PIS.
JE VOULAIS QU'ON PRENNE UN BAIN ENSEMBLE ET QU'ON S'AMUSE ENSUITE, MAIS J'AI CHANGÉ D'AVIS.
QUOI ?!
B... BIEN PLUS BEAU !
JE VOULAIS DIRE BIEN PLUS BEAU ET BEAUCOUP PLUS CLASSE ...
JE N'AI JAMAIS EU LE SENTIMENT DE SACRIFIER QUOI QUE CE SOIT POUR HOKUTO...
EST-CE QU'IL LE SAIT ?

JE FERAIS N'IMPORTE QUOI...
POUR LUI.
HAA...
HAA...
JE DIS ÇA, MAIS VOILÀ !
JE SUIS EN RETARD ! AAH !
ÇA CRAINT VRAIMENT SI JE SUIS EN RETARD POUR LE DÉJEUNER !
OUIIN ! DÉSOLÉE, HOKUTO !

HAAA
HAAA...
EX...
EXCU-
SEZ-MOI
...
!
OOH
...
ÇA FAIT
LONGTEMPS,
CHIWA
!
BONJOUR,
SAORI.
OUAAH !
IL EST
TOUT
PETIT !
TOUT SE
PASSE
BIEN
?
IL Y
A PLEIN DE
CHOSES AUX-
QUELLES NOUS
NE SOMMES
PAS ENCORE
HABITUÉS,
ALORS C'EST
DIFFICILE.
MAIS
DEPUIS
PEU,
IL TIENT
ENFIN SA
TÊTE.

JE SUIS CONTENTE QUE SAORI AIT ÉTÉ LA PREMIÈRE QUE J'AIE CROISÉE ...
MERCI POUR VOTRE CADEAU DE NAISSANCE.
DEPUIS, AVEC MON MARI...
Il est mignon !
EH BIEN !
QU'EST-CE QUI SE PASSE ?
VOUS AVEZ DU CULOT D'ARRIVER À CETTE HEURE !
JE M'EXCUSE POUR MON RETARD.
HUM... C'EST À CAUSE DU TRAVAIL ...
EUH, C'EST LA TANTE DE HOKUTO, JE CROIS ...
LE TRAVAIL ? MAIS NOUS SOMMES DIMANCHE !
ET SAORI, TU AS BEAU AVOIR UN BÉBÉ, TU POURRAIS AIDER UN PEU !
...
VOUS...
AU JOUR DE L'AN DÉJÀ ...
À TROP TE METTRE EN COLÈRE, TU VAS CREUSER TES RIDES !
TU NE VOUDRAIS PAS ÊTRE ENCORE PLUS RIDÉE, TANTE MITSUKO, HEIN ?

VOYONS !
COMMENT OSES-TU ?
TU ES BIEN DURE AVEC MA FEMME.
TE VOILÀ, CHIWA. LE REPAS N'A PAS ENCORE COMMENCÉ, ALORS NE T'INQUIÈTE PAS.
AH, TANT MIEUX...
Elle était dure ?
HOKUTO...
MA TANTE...
C'EST MOI QUI LUI AI PERMIS D'ARRIVER EN RETARD AUJOURD'HUI.
MAIS TOUT DE MÊME...
COMMENT PEUX-TU PERMETTRE À TA FEMME D'AGIR AINSI À SA GUISE ?
DE NOS JOURS, LA PLUPART DES COUPLES ONT CHACUN LEUR TRAVAIL. IL FAUT VIVRE AVEC TON TEMPS !
MAIS AUJOURD'HUI AU MOINS...
EN TANT QU'ÉPOUSE D'UN MAMIYA...
CE N'EST PAS "L'ÉPOUSE D'UN MAMIYA" !

C'EST LA FEMME ...
QUE "J'AI" ÉPOUSÉE.
OU...
OUIIIIN !
EXCUSEZ-MOI.
POURTANT, IL VIENT DE DORMIR ...
OUIIIIN !

PFF !
MOI QUI VOULAIS ÊTRE GENTILLE EN DONNANT UN CONSEIL ...
HUM ...
MERCI D'AVOIR PRIS MA DÉFENSE... MAIS...
QUAND MÊME... JE TE DOIS DES EXCUSES ...
...
TU VAS ALLER VOIR LE VIEUX, NON ?
HEIN ?
C'EST-À-DIRE QU'IL A PLUS ENVIE DE TE VOIR TOI QUE MOI.
AH... AH BON ...
OH, LE BÉBÉ DE SAORI EST VRAIMENT MIGNON !
TON GRAND-PÈRE DOIT ÊTRE GAGA !

AAH, À SON ÂGE, ON NE LE REFERA PLUS !
DÉPÊCHE-TOI. IL ÉTAIT PRESSÉ DE TE VOIR.
TU ES UN PEU SPÉCIALE, À SES YEUX.
...
IL FAIT ATTENTION À MOI ...
POUR QUE JE NE ME SENTE PAS EN PORTE-À-FAUX ...
JE SUIS ARRIVÉE EN RETARD, MAIS ...
AUJOURD'HUI, IL EST HORS DE QUESTION QUE J'EMBARRASSE ENCORE HOKUTO.
BIEN ...
JE M'EXCUSE DE VOUS AVOIR CONVOQUÉS SUBITEMENT.
SI NOUS SOMMES RÉUNIS AUJOURD'HUI ...

C'EST PARCE QUE, COMME VOUS LE SAVEZ, APRÈS CE QUI EST ARRIVÉ À MON FILS CADET, SEIJI ...
J'AI DÉCIDÉ DE REMANIER LA DIRECTION.
TOUT D'ABORD, JE ME RETIRE DE MON POSTE ACTUEL DE PRÉSIDENT. CE TITRE NE PERMET PAS GRAND-CHOSE, MAIS...
J'AI DÉCIDÉ DE CHOISIR MON FILS AÎNÉ, MASATSUGU, COMME SUCCESSEUR À CE POSTE.
BLA
BLA
Je suis nerveuse ...
J'AIMERAIS DONC QUE MES FILS QUITTENT CHACUN LEUR POSTE ACTUEL ...
POUR DEVENIR RESPEC-TIVEMENT PRÉSIDENT ET ADMINISTRA-TEUR DÉLÉGUÉ DU GROUPE.
ET EN CE QUI CONCERNE LES SERVICES ET SOCIÉTÉS DONT ILS S'OCCUPAIENT ...

JE SAIS QUE CE SERA DIFFICILE, MAIS...
J'AI DÉCIDÉ QUE 70% IRAIENT SOUS LA RESPONSABILITÉ DE SATORU ET HOKUTO. VOUS EN ÊTES CAPABLES, N'EST-CE PAS ?
HEIN ? HEIN ?
QU'EST-CE QUE ÇA VEUT DIRE ?
ZOUIP
ÇA VEUT DIRE QU'IL N'Y A PLUS QUE DEUX CANDIDATS AU POSTE DE FUTUR PRÉSIDENT ?
POUR SATORU, D'ACCORD, MAIS ...
BLA

JE COMPRENDS.
LA VOIE VERS LE POSTE DE PRÉSIDENT S'EST OUVERTE POUR HOKUTO.
MAIS COMME IL LE DISAIT, IL A SATORU POUR RIVAL ...
JE NE SUIS PAS D'ACCORD !
BAH, C'EST SÛREMENT PARCE QUE SA SOCIÉTÉ A TOUJOURS AUTANT DE RÉSULTATS MALGRÉ LES TEMPS QUI COURENT ...
C'EST JUSTE UNE QUESTION DE CHANCE.
MAIS ...
JE SUIS SÛR QUE CE SERA SATORU ...
QUE...
POURQUOI C'EST LUI, LE DEUXIÈME ?
RÉDUIRE LES EFFORTS DE HOKUTO À UNE QUESTION DE CHANCE ...
LAISSE.
LAISSE-LES DIRE.
EXCUSEZ-MOI !
TAC

* EN JAPONAIS : "DOROBUNE", EN OPPOSITION À "TAKARABUNE" (CF. PAGE 160), NDT.

AAH, IL A COMMIS UNE FAUTE ASSEZ GRAVE …
ALORS JE L'AI ENVOYÉ DANS UNE SOCIÉTÉ EN AMÉRIQUE DU SUD POUR QU'IL RÉFLÉCHISSE À SES ACTES.
TU LE SAVAIS ?
L'Amérique du sud…
NON …
C'EST VRAI QU'IL A MAL AGI, MAIS…
C'EST UN PEU DUR.
BIEN, SI VOUS N'AVEZ PAS D'OBJECTION, LA RÉUNION EST CLOSE.
SATORU ! OÙ SONT TERU ET SAORI ?
AH, DANS UNE AUTRE PIÈCE.
TOUT À L'HEURE, TERU PLEURAIT BEAUCOUP …
ALORS J'ESPÈRE QU'IL S'EST UN PEU CALMÉ !
Il est gaga…
…
HOKUTO …
EXCUSE-MOI D'AVOIR PERDU MON SANG-FROID …
SATORU EST POURTANT QUELQU'UN DE BIEN, MAIS LEUR RÉACTION M'A SCANDALISÉE.
…
JE SAIS …
QUE JE NE SUIS PAS UN RAFIOT DE BOUE.

* EN JAPONAIS : "TAKARABUNE", BATEAU PAR LEQUEL ARRIVENT, SELON LA LÉGENDE, LES SEPT DIEUX DE LA FORTUNE LE SOIR DU 31 DÉCEMBRE POUR PORTER À CHACUN SA PART DE BONHEUR, NDT.

SI TOUS LES DEUX ONT LES MÊMES CAPACITÉS…
COMMENT FERA-T-IL POUR EN CHOISIR UN AU DÉTRIMENT DE L'AUTRE ?
LEURS FAMILLES RESPECTIVES NE RISQUENT-ELLES PAS DE JOUER DANS LA BALANCE ?
HOKUTO EST DÉSAVANTAGÉ…
ALORS LE SEUL MOYEN DE GAGNER, C'EST…
HOKUTO…
JE VAIS DÉMISSIONNER.

QU'EST-CE QUI TE PREND, TOUT À COUP ?
MAIS C'EST À CAUSE DE ÇA QUE JE SUIS ARRIVÉE EN RETARD, AUJOURD'HUI ...
ET À PARTIR DE MAINTENANT, TU VAS TRAVAILLER ENCORE PLUS ...
ALORS JE ME DIS QUE JE FERAIS MIEUX D'ÊTRE FEMME AU FOYER.
QUOI ?
PFF ...
APRÈS LE CIRQUE QUE TU M'AS FAIT POUR TRAVAILLER ...
TU VEUX DÉJÀ ARRÊTER ?
TU N'AS AUCUNE CONSTANCE !
ARGH ...

BAH, JE SUPPOSE QUE D'AVOIR VU SAORI ...
ÇA T'A DONNÉ DES IDÉES, HEIN ?
OUH ...
MAIS TU SAIS, EN PLUS D'ÊTRE UNE FILLE DE BONNE FAMILLE, ELLE EST BELLE ET BIEN ÉLEVÉE ...
ALORS TU AURAS BEAU TE DÉMENER, TU NE PEUX PAS RIVALISER.
QU... QUOI ?!
RIEN QU'EN QUALITÉ D'ÉPOUSE, TU NE FAIS PAS LE POIDS.
T'ES MÉCHANT DE DIRE ÇA !! MÊME SI JE LE SAIS ...
BOUH...
DE TOUTE FAÇON, QUE TU TE DÉMÈNES OU NON ...
ÇA NE FERA PAS AUGMENTER OU BAISSER MA COTE.
ILS SE DÉBROUILLERONT POUR TROUVER MES POINTS FAIBLES ...
HÉÉ ! CE N'EST PAS LE MOMENT DE SE RELÂCHER !
JE DIS ÇA ...
MAIS ...

JE SAIS …
QUE HOKUTO NE RESTERA PAS SANS RIEN FAIRE.
SSS
す っ…
?
HAA…
HM ?
QU… QUOI ?
HAA…
HAA…
AH …
N… NON …
QU…
HAA…
HÉ !!
BAM
MAIS QU'EST-CE QUE TU FAIS ?!

ALORS ? TU AS ENVIE ?
DOM
QU'EST-CE QUI TE PREND DE TRIPOTER TON MARI PENDANT QU'IL DORT ?!
JE ME RAPPELLE PAS AVOIR ÉDUQUÉ (?) UNE PERVERSE !
P... PARDON !
JE PENSAIS QU'ON POURRAIT PEUT-ÊTRE FAIRE UN BÉBÉ ...
HEIN ?
UN BÉBÉ ?
OUI !
FAI-SONS-EN UN !
T'ES SI PRESSÉE D'AVOIR UN ENFANT ?
C'est la première fois que t'en parles...
MAIS POUR TOI, CE SERAIT MIEUX QU'ON EN AIT UN !

ARRÊTE TES CONNE-RIES ...
IDIOTE !
TU CROIS VRAIMENT QUE ÇA DONNE ENVIE ?!
FLAP
JE...
JE...
JE SUIS SÉRIEUSE !
Ma manière d'amener la chose était maladroite, mais...
SI ENCORE C'ÉTAIT POUR TOI QUE TU VOULAIS UN ENFANT ...
MAIS FAIRE ÇA POUR LA SOCIÉTÉ MAMIYA... C'EST UNE PLAISANTERIE ?

TU CROIS QUE JE POURRAIS DONNER LE JOUR À UN AUTRE ÊTRE COMME MOI, DESTINÉ UNIQUEMENT À ÊTRE AU SERVICE DE LA FAMILLE ?
DÉSOLÉ, MAIS IL N'EN EST PAS QUESTION.
AH ...
LE VOILÀ DE NOUVEAU...
CE CÔTÉ SOMBRE DE HOKUTO...
DONT JE NE VOIS PAS LE FOND...
JE TE L'AI DIT TOUT À L'HEURE.
TU AURAS BEAU IMITER SAORI, ÇA NE CHANGERA RIEN POUR MOI.

RÉFLÉCHIS UN PEU ! ON NE DIT PAS UNE CHOSE AUSSI IMPORTANTE SUR UN COUP DE TÊTE !
REPRENDS TES ESPRITS !
J'ÉTAIS FIÈRE DE CONNAÎTRE UNE FACETTE DE LUI QU'IL NE MONTRE À PERSONNE D'AUTRE QUE MOI.
MAIS SOMMES-NOUS VRAIMENT SI PROCHES ?
SUR LES POINTS ESSENTIELS, IL GARDE SES DISTANCES ...
IL N'Y A DONC QUE TOI QUI PUISSES FAIRE DES EFFORTS ?
ALORS ...
QU'EST-CE QUE JE PEUX FAIRE, MOI ?!
ÇA TE SEMBLE TELLEMENT BIZARRE... QUE JE VEUILLE FAIRE QUELQUE CHOSE POUR TOI ?!

EN VÉRITÉ, AUJOURD'HUI, JE N'AVAIS PAS ENVIE DE T'EMMENER DANS MA FAMILLE.
PARCE QUE JE SAVAIS QUE ÇA SE PASSERAIT COMME ÇA.
AH ...
C'ÉTAIT AUSSI BIEN QUE TU NE PUISSES PAS VENIR À CAUSE DE TON TRAVAIL.
ARRÊTE DE TE FORCER À FAIRE DES CHOSES CONTRE TA VOLONTÉ ...
EN DISANT QUE C'EST POUR MOI QUE TU LES FAIS !
CE COMPORTEMENT ...
NE FAIT QUE M'ENNUYER.
DO DOM
JE NE SUIS PAS TOMBÉ AMOUREUX D'UNE FEMME AVEC AUSSI PEU DE CARACTÈRE.

T'AS COMPRIS ? ALORS DORS.
DEMAIN TU TRAVAILLES, NON ?
...
...
POURQUOI, MALGRÉ NOTRE AMOUR...
IL NE ME LAISSE PAS M'IMPLIQUER DANS SES AFFAIRES ?
C'EST VEXANT.
JE L'AIME PLUS QUE QUICONQUE...
ALORS QU'EST-CE QUI ME MANQUE ?
S'IL POUVAIT COMPTER SUR MOI NE SERAIT-CE QU'UN PEU...
JE SUIS SÛRE QUE J'AURAIS LA FORCE DE CENT HOMMES...
AH ...
VOILÀ, C'EST ICI.

PFF …
J'AURAIS DÛ PRENDRE UN TAXI …
AAH, MADAME MAMIYA, ÇA FAIT LONGTEMPS !
Je suis triste de ne plus pouvoir vous surveiller !
COMMENT ? L'HÔPITAL OÙ SE TROUVE SEIJI MAMIYA ?
JE NE PEUX …
ABSOLUMENT PAS LE DIRE À HOKUTO …
501
SEIJI MAMIYA
OUH, QU'EST-CE QUE JE DOIS FAIRE ?
JE ME SENS NERVEUSE, TOUT À COUP !
AH LA LA !
J'AURAIS DÛ APPELER AVANT.
DO DOM
ÇA FAIT PEUT-ÊTRE BIZARRE D'ARRIVER SANS PRÉVENIR …
AH LA LA !
DO DOM

SEIJI MAMIYA ...
MÊME SI HOKUTO LE DÉTESTE, C'EST UN PERSONNAGE IMPORTANT DANS LA SOCIÉTÉ MAMIYA.
ALLER LE VOIR NE DEVRAIT PAS NUIRE À HOKUTO.
DÉSOLÉE D'AGIR À MA GUISE, HOKUTO.
MAIS CETTE FOIS, C'EST QUELQUE CHOSE QUE J'AI DÉCIDÉ MOI-MÊME.
ALLEZ !!
TOC
TOC
HM ?
ENCORE UNE VISITE ?
ENTREZ !
DO
DOM

CLAC ガラ
DO DOM ドキ
DO DOM ドキ
EX... EXCUSEZ-MOI DE VOUS DÉRANGER !
OH ...
C'EST VOUS ?
PARDON ...
DE VOUS AVOIR LAISSÉ SANS NOUVELLE !
ぺこっ POM
C'EST VRAI QUE ÇA FAIT LONGTEMPS.
VOUS AVEZ L'AIR EN FORME.
QUI EST-CE ?
AH, C'EST VRAI QUE JE NE TE L'AI PAS DIT ...

C'EST LA FEMME DE HOKUTO.
ÇA FAIT UN MOMENT MAINTENANT. IL S'EST MARIÉ TOUT À COUP, SANS RIEN ME DIRE.
AH ... ENCHANTÉE ...
AH BON ?
ALORS JE NE VEUX PAS VOUS GÊNER.
JE VAIS VOUS LAISSER.
Bonjour.
OUI, MERCI D'ÊTRE VENUE AUJOURD'HUI.
CETTE FEMME...
NE FAIT PAS PARTIE DE LA FAMILLE MAMIYA...

SUR CE...
HM ? J'AI EU L'IMPRESSION QU'ELLE ME FOUDROYAIT DU REGARD...
ENTREZ.
ASSEYEZ-VOUS ICI.
EUH... HUM...
JE SUIS DÉSOLÉE DE NE VENIR QUE MAINTENANT...
CE N'EST RIEN. JE COMPRENDS.
MON FILS ÉTAIT SÛREMENT CONTRE, N'EST-CE PAS ?
OUI...

HOKUTO ...
HUM, COMMENT VOUS SENTEZ-VOUS ?
PENSE QUE SON PÈRE A TUÉ SA MÈRE ...
BIEN. C'EST JUSTE UN PEU DE SURMENAGE.
JE POURRAI BIENTÔT SORTIR... MAIS AVEC L'ÂGE, VOUS SAVEZ ...
MAIS ...
HÉ HÉ !
C'EST BIEN D'AVOIR UNE FILLE !
ET MÊME SI C'EST UNE BELLE-FILLE, ÇA CHANGE LA VIE !
AH... AH BON ?
IL PERD UN PEU LA TÊTE, LÀ ?!
OUI, J'AURAIS AIMÉ AVOIR UNE FILLE !
UN FILS, C'EST NUL. SURTOUT LE MIEN, IL EST INCOMPRÉHENSIBLE !

J'AI ENTENDU DIRE QU'IL N'AVAIT PAS PU AVOIR D'ENFANT AVEC SON EX-FEMME ...
AAH, MAIS IL N'Y A QUE SUR UN POINT ...
QUE JE LE COMPRENDS.
IL SEMBLE FOU DE VOUS.
AU REPAS DU NOUVEL AN...
C'ÉTAIT FLAGRANT QUAND IL EST PARTI VOUS REJOINDRE AVEC UN LARGE SOURIRE !
...
Ah bon ?
OUI ...
JE NE L'AVAIS JAMAIS VU SOURIRE, ALORS ÇA M'A FAIT CHAUD AU CŒUR.
"JE NE T'AI QUASIMENT...
JAMAIS VUE SOURIRE..."
HOKUTO...
TU CROIS VRAIMENT QUE CET HOMME...
ET ...
QU'EST-CE QUI VOUS AMÈNE ?
DODOM

COM-
MENT
?
VOUS ÊTES VENUE POUR UNE RAISON, N'EST-CE PAS ?
IL NE ME FAIT PAS DU TOUT L'EFFET D'UN MEURTRIER...
SI C'EST AU SUJET DE CE QUI A ÉTÉ DÉCIDÉ À LA DERNIÈRE RÉUNION DE FAMILLE, JE SUIS AU COURANT.
JE SAIS QU'IL EST CANDIDAT AU POSTE DE PRÉSIDENT ET JE SAIS QUE JE N'AI PAS PU LE DEVENIR.
IL LIT EN MOI...
HUM... JE ME DEMANDAIS ...
CE QU'IL FALLAIT FAIRE POUR QUE HOKUTO ARRIVE À LA TÊTE DES ENTREPRISES MAMIYA ...

... POUR ÊTRE FRANC ...
CE N'EST PAS CE GENRE DE CHOSE QUE J'AURAIS VOULU ENTENDRE DE LA BOUCHE DE "MA FILLE".
AH ...
ET...
QU'EST-IL PRÊT À FAIRE POUR OBTENIR LE GROUPE MAMIYA ?
WOUAH ! QUELLE IDIOTE JE FAIS !!
MAIS JE NE POUVAIS PAS DIRE QUE JE SUIS VENUE PARCE QUE JE VEUX SAVOIR COMMENT LA MÈRE DE HOKUTO EST MORTE !
AH ! EUH ...
BEAUCOUP DE CHOSES ! OUI, BEAUCOUP DE CHOSES !
COMME ÉLARGIR SES SERVICES OU... BEAUCOUP DE CHOSES !
JE VOIS ...
ALORS JE VAIS VOUS DONNER UN CONSEIL.

QU'IL FASSE ATTENTION À NE PAS DEVENIR COMME MOI.
C'EST TOUT.
AH ...
VOUS SAUREZ LE CONVAINCRE, N'EST-CE PAS ?

MON PÈRE M'A APPELÉ POUR ME DIRE QU'IL S'INQUIÉTAIT ...
MAIS ...
NI LUI NI MON FRÈRE ...
NE SONT VENUS ME VOIR.

JE SUIS ALLÉ UN PEU LOIN, HIER SOIR ...
JE DOIS M'EXCUSER ...
MAIS CES TEMPS-CI ...
J'AI L'IMPRES-SION QU'ELLE ME MÈNE PAR LE BOUT DU NEZ ...
HM ?
BIDI BIDI BIDIIII
090XOXX
...
ALLÔ ?
HOKUTO !
ÇA FAIT LONGTEMPS ...

EN EFFET ...
MAIS COMMENT CONNAIS-TU CE NUMÉRO ?
C'EST VRAI QUE L'ANCIEN EST SOUDAIN DEVENU NON-ATTRIBUÉ.
QU'EST-CE QUE TU VEUX ?
J'AI DU TRAVAIL, ALORS ABRÈGE.
J'AI RENCONTRÉ TA FEMME.
COMMENT ?
ELLE PARAÎT PLUTÔT JEUNE.
AU POINT QUE SI ELLE M'AVAIT DIT QU'ELLE ÉTAIT ENCORE ÉTUDIANTE, JE L'AURAIS CRUE.

OÙ ÇA ?
COMMENT T'AS SU QUE C'ÉTAIT MA FEMME ?
"MA FEMME" ...
TU PARLES COMME UN VRAI MARI !
RÉPONDS À MA QUESTION !
À L'HÔPITAL, ELLE VENAIT RENDRE VISITE À TON PÈRE.

CETTE …
ELLE A OSÉ !
MAIS DIS-MOI …
TU NE POURRAIS PAS M'ACCORDER UN MOMENT ? ÇA FAIT SI LONGTEMPS …
QUOI ?
C'EST POUR PARLER TRAVAIL …
QUE JE T'APPELLE.
LA SEMAINE PROCHAINE ?
NON, CE JOUR-LÀ …
VLAM
OK …
JE VAIS VOIR CE QUE JE PEUX FAIRE.
BIP
HO-KUTO …
TU AS BESOIN DE MODIFIER TON EMPLOI DU TEMPS ?
SÔ-MAAA !!
OUIIII ?!

T'AS FAIT QUELQUE CHOSE QUE T'AURAIS PAS DÛ !
C'EST TOI QUI AS DIT À CHIWA DANS QUEL HÔPITAL SE TROUVE MON PÈRE, N'EST-CE PAS ?
OUI ...
ELLE VOULAIT ALLER LE VOIR, ALORS JE LUI AI DIT.
MAIS ELLE EST FACILEMENT INFLUENÇABLE !
ELLE RISQUE DE SE LAISSER MANIPULER PAR MON PÈRE.
ET JE PENSE QU'EN TANT QU'ÉPOUSE ...
ELLE A EU RAISON.

MÊME S'IL N'ARRIVE PAS À LA TÊTE DES ENTRE-PRISES MAMIYA ...
N'Y A-T-IL PAS UN MOYEN DE DÉCOUVRIR LA VÉRITÉ SUR LA MORT DE SA MÈRE ?
DIS, HOKUTO ...
EST-CE QUE TU ES SÛR DE VOULOIR CONTINUER SUR CETTE VOIE ?
Happy Marriage ?! 5 - Fin

REMERCIEMENTS SPÉCIAUX

ASSISTANTES :
KEIKO SANO
ERI SHIMOJO
SAWAKO MURASE
NAOMI HORI
MEGU HINOMOTO
KAORU TAKAHASHI
KAWAKO NISEKO
YURI NARUSE
NIKO WAKUHARA

ÉDITEUR :
MAYUMI OKADA

Envoyez vos avis
et vos impressions
↓ à cette adresse !
Maki Enjôji
Petit Comic, Shôgakukan
2-3-1 Ichibashi
Chiyoda-ku
101-8001 Tokyo

Ou par mail sur le site
officiel du magazine
Petit Comic.

* Discussion sur *Happy Marriage ?!* que j'ai eue un jour avec ma responsable, Mayuzô.

Véridique.

Happy Marriage?!

7

Cosplay Cops

Nao Doumoto

SÉRIE EN COURS